Arthur Escroyne

Schüsse im Shortbread

CW01551664

Arthur Escroyne

Schüsse im Shortbread

Kriminalroman

Aus dem Englischen
von Rudolf Katzer

Pendo München Berlin Zürich

Mehr über unsere Autoren und Bücher: www.pendo.de

Von Arthur Escroyne liegen bei Pendo vor:
Der Killer im Lorbeer
Aufschrei in Ascot
Schüsse im Shortbread

ISBN 978-3-86612-391-5
© Arthur Escroyne, 2015
© der deutschsprachigen Ausgabe: Pendo Verlag in der
Piper Verlag GmbH, München/Berlin 2015
Satz: Uhl+Massopust, Aalen
Gesetzt aus der Stone Serif
Druck und Bindung: CPI books GmbH
Printed in Germany

für Gabriele
aus dem 6. Stock

Ich will

Willst du, Rosemary Amanda Hortense Daybell, den hier anwesenden Philipp Arthur Escroyne, Earl of Sutherly, Count of Dermond, Ritter von Kent, zu deinem rechtmäßig angetrauten Ehemann nehmen, ihn lieben und ehren in guten wie in schlechten Tagen, bis dass der Tod euch scheidet?«

Für mich ist die größte Überraschung dieser Hochzeit, dass meine Braut mit drittem Vornamen *Hortense* heißt. Alles andere folgt im Grunde einem jahrhundertealten Zeremoniell. Selbst der kurzfristig anberaumte Hochzeitstermin ist plausibel, da Rosy und ich der Meinung waren, dass es bequemer für sie sei, in ein Brautkleid zu schlüpfen, solange ihr Bäuchlein noch nicht die Form eines Basketballs angenommen hat.

Rosemary ist im fünften Monat schwanger. Unsere Schneiderin musste einige Tricks anwenden, um bei dem Kleid die gewünschte Wirkung zu erzielen. Dabei kam ihr zu Hilfe, dass Rosy auch vor ihrer Schwangerschaft schon süß und rundlich war, und daran hat sich auch während der Schwangerschaft nicht viel geändert.

Der Erzbischof vollendet die altbekannte Formel mit den Worten: »So antworte mit: Ja.«

Es überrascht auch keineswegs, dass der geistliche Führer der anglikanischen Kirche selbst den Weg in die Grafschaft Gloucestershire angetreten hat, um das Hochamt zu zelebrieren, denn ein Earl of Sutherly vermählt sich nicht alle Tage. Wenn sich der Letzte aus dem Geschlecht der Escroynes, Peer der englischen Krone, Stammherr von Sutherly Castle und Spross einer 900 Jahre alten Familie, für sein restliches Leben bindet, ist das Grund genug für den Erzbischof von Canterbury, in die Kathedrale von Gloucester zu reisen.

»Ja«, sagt Rosemary mit glasklarer Stimme. Sie säuselt nicht, sie wispert nicht. Als Chefin der Mordkommission ist sie es gewohnt, unmissverständliche Ansagen zu machen. So hält sie es auch beim Heiraten. »Ja«, sagt sie mit dem Brustton der Überzeugung und wirft mir dabei einen Blick zu, der mir mitten durchs Herz geht. Es mag das Britische Empire zerfallen, es mag die Queen in einem James-Bond-Film auftreten, das ist nichts im Vergleich zu der Sensation eines Schwertlilienblickes meiner Braut. Selbst nach vierjähriger Beziehung hauen mich diese himmlisch violettblauen Augen immer noch um.

Ich heirate ein Alpha-Tier. Ich heirate eine Frau, die dazu geboren ist, andere Menschen zu führen. Und diese Frau hat sich entschlossen, mit einem verarmten Adeligen, dem Letzten der Escroynes, den Bund fürs Leben einzugehen.

»So bitte ich nun um die Ringe«, sagt der Erzbischof.

Ich wende mich zu den Trauzeugen. Dass Ralph Bellamy diese Ehrenpflicht für Rosy erfüllen würde, war zu erwarten. Seit Jahren ist er Rosys Assistent bei der Mordkommission, zugleich ihr Schatten, ihr Kummerkasten und ihr Quälgeist. Meine Trauzeugin ist dagegen nicht meine erste Wahl gewesen, aber da Rosy so viel daran lag, habe ich ihr den Wunsch erfüllt. Die junge Frau heißt Gwyneth Trout, sie ist das Mündel meines verstorbenen Vaters und zugleich Rosys ehemalige Schülerin. Gwyneth tritt vor und reicht mir das Etui, in dem die goldenen Ringe auf Samt gebettet liegen.

Ich ergreife den kleineren und streife ihn Rosy über den Finger. Das heißt, ich möchte ihn überstreifen. Wir haben die Ringe zusammen ausgesucht, sie sind vor fünf Wochen exakt nach unseren Fingerumfängen angefertigt worden. Die Schwangerschaft hat ihre wunderlichen Seiten. Dass sich das Fingermaß meiner Frau in so kurzer Zeit verändert hat, ist wohl eine davon. Nach zwei erfolglosen Versuchen schiebe ich den Ring bis zum Mittelgelenk auf ihren Finger. Mein eigener Ring passt wie angegossen, und so erwarte ich die entscheidenden Worte Seiner Eminenz.

Ich warte auf diese Worte im Grunde schon, seit ich Rosy vor vier Jahren am Strand von Weymouth kennengelernt habe. Für mich war sie von Anfang an die Eine und Einzige. Aber meine Schwertlilie stammt aus einer knorrigen Arbeiterfamilie und ist genauso stolz auf ihren Stammbaum wie ich auf meinen. Der Earl und das Arbeiterkind, der Habenichts und die Detektivin, das bedeutete einen langen, komplizierten Weg, bevor wir den heutigen Tag erleben sollten.

»Und so erkläre ich euch kraft meines Amtes zu Mann und Frau.« Der Primas der englischen Staatskirche hebt die Hände zum Segen. »Was Gott zusammenfügt, das soll der Mensch nicht trennen.«

Recht hat er. Nichts wird mich je daran hindern, meine Schwertlilie von ganzem Herzen zu lieben. Und das entzückende kleine Wesen, das Rosy im Leibe trägt, schließe ich in meine Liebe gleich mit ein. Ob Junge oder Mädchen, wir wissen es noch nicht. Was es auch sei, es ist willkommen.

»Eure Gnaden dürfen die Braut nun küssen«, sagt Seine Eminenz mit schuljungenhaftem Lächeln.

Schwer und prachtvoll lege ich mir meine Braut, meine Frau im Arm zurecht und küsse sie hingebungsvoll. Bis ans Ende meiner Tage will ich keine so halten und herzen wie sie.

Mitten im Kuss brandet die Orgel auf. Ich sehe Rosys glücklich gerötete Wangen, hebe den Blick ins Sterngewölbe der Kathedrale und danke dem Herrn, dass er so einen glücklichen Mann aus mir macht. Arm in Arm ziehen wir am Spalier der Hochzeitsgäste vorbei zum Ausgang unserer Kirche, die ihre

Berühmtheit in jüngerer Zeit vor allem den Harry-Potter-Filmen verdankt, die hier gedreht wurden.

—

»Ihr wollt wissen, wohin?«, ruft Rosy in die Runde. Für die Party im Hotel hat sie den Traum in Weiß bereits ausgezogen und trägt ein aprikosenfarbenes Kostüm, das eher zur Jahreszeit als zu ihrer Persönlichkeit passt. »Ich sage euch, das war keine leichte Entscheidung, denn Arthur wollte natürlich nicht weit von Sutherly wegfahren.«

»Weshalb?«, fragt einer aus der Gruppe von Gästen, unter denen sich auch Gwyneth Trout befindet.

»Na, ihr kennt doch Arthur. Er hasst es, seinen geliebten Garten auch nur einen Tag im Stich zu lassen. Er hat eine regelrechte Panik davor, dass seine Pflänzchen verdursten könnten oder dass ein monströser Schädling sich über sie hermacht.«

»Du hast ihm doch eine computergesteuerte Bewässerungsanlage geschenkt«, meldet Ralph Bellamy sich zu Wort.

»Sicher, aber die verstaubt irgendwo unten im Gartenhaus.« Rosy kichert. »Wenn es nach Arthur gegangen wäre, hätte ihm eine Blitz-Hochzeitsreise nach Cornwall völlig genügt. Ich habe ihn aber darauf hingewiesen, dass unser Baby und mein Beruf eine längere Reise auf absehbare Zeit unmöglich machen dürften, daher lautete die Devise: Jetzt oder nie. Ich habe Brasilien ins Spiel gebracht, auch Buenos Aires. Wir hätten dort einen Tangokurs belegen können.« Aus Rosys Gekicher wird ein breites Lachen. »Als Arthur die Gefahr einer Atlantiküberquerung auf sich zukommen sah, buchte er über meinen Kopf hinweg kurzerhand etwas in Südfrankreich.«

Alle schließen sich Rosys Gelächter an, alle finden, dass das wieder so typisch für mich sei. Es hat sich die allgemeine Meinung durchgesetzt, dass ich ein Sonderling bin, und die Frage, was die toughe Rosy an mir eigentlich findet, ist ein geflügeltes Wort geworden.

»Ich habe eine sehr hübsche Pension an der Côte d'Azur gefunden«, setze ich zu meiner Verteidigung an. »Mit Meerblick und Swimmingpool.«

»Gratuliere«, sagt Gwyneth, die netterweise auf meiner Seite ist.

»Was werden bloß all die Mörder und Totschläger bei uns anstellen, solange du dich nach Südfrankreich absetzt?«, fragt der Ältere von der Spurensicherung, genannt *der Onkel*.

»Ja, was werden die Mörder und Totschläger anstellen?«, echot der Jüngere von der Spurensicherung, auch *der Neffe* genannt.

Ich war nicht gerade glücklich darüber, dass Rosy die gesamte Mordkommission zur Hochzeitsparty eingeladen hat, andererseits wäre eine Hochzeit, bei der vorwiegend Familienmitglieder der Escroynes anwesend sind, noch schwerer zu ertragen gewesen.

»Unser hervorragender Sergeant Ralph Bellamy wird alle lokalen Mörder das Fürchten lehren«, antwortet Rosy.

»Ist ja nur während der Flitterwochen«, meldet sich Ralph, bescheiden wie immer, zu Wort. »Herrje, die Côte d'Azur«, fährt er schwärmerisch fort. »Ich beneide euch.«

»Ich bin gespannt, ob ich Arthur dazu kriege, dort ins Wasser zu gehen.« Rosy hakt mich unter.

»Hör mal, ich war Regionalmeister von Gloucestershire auf hundert Yards im Freistil«, gebe ich entrüstet zurück.

»Ja, aber das war in den Achtzigerjahren, mein Lieber.« Rosy hat normalerweise nicht die Angewohnheit, mich in der Öffentlichkeit bloßzustellen, es muss an dem vielen englischen Champagner liegen, den sie schon getrunken hat.

»Du bist wirklich zu bedauern, was für einen verknöcherten Trauerkloß du geheiratet hast«, entgegne ich.

»Und den tollsten Mann der Welt.« Sie stellt sich auf die Zehenspitzen und gibt mir einen saftigen Kuss.

»Darauf trinken wir.« Gwyneth hebt ihr Glas.

»Auf Arthur!«, rufen alle. »Auf den Earl of Sutherly und die frischgebackene Countess.«

Ein Toast, dem ich mich ein wenig schadenfroh anschließe. Denn wenn es für Rosy einen Wermutstropfen bei unserer Eheschließung gibt, dann ist es der: Von nun an gehört das Arbeiterkind dem britischen Hochadel an. Das wird meine Schwertlilie erst verkraften müssen.

2

Schnorchel

Eine Grundregel, die man unter allen Umständen einhalten sollte, bevor man auf Reisen geht: Auf keinen Fall das Telefon abnehmen.

»Hallo?« Ich verstoße gegen die Regel.

»Arthur?«, sagt eine Frauenstimme am anderen Ende.

»Gwyneth, wie nett, dass du noch mal anrufst.«

»Tja, Arthur… Ich hatte befürchtet, ihr seid vielleicht schon ausgeflogen.«

»Du hast Glück.« Ich sinke neben meinem gepackten Koffer aufs Bett. »Unser Flieger geht erst in ein paar Stunden.«

»In ein paar Stunden, so«, sagt sie zurückhaltend.

»Was gibt es denn?«

»Kann ich… Ist Rosy vielleicht zu sprechen?«

»Aber klar. Sie ist im Bad«, erwidere ich sonnig. »Ich trage dich dorthin.« Ohne zu wissen, dass dies der verhängnisvollste Gang dieses Sommers ist, bringe ich das Telefon einen Halbstock tiefer und klopfe an die Badezimmertür.

»Es ist für dich.«

»Ich kann jetzt nicht.« Rumoren von drinnen. »Sag, ich rufe nach den Flitterwochen zurück.« Wenn ich in diesem Moment Rosys Anordnung befolgt hätte, wäre uns viel Leid erspart geblieben. Doch die Eingebung, Gwyneth zu vertrösten, bis wir aus der Provence zurückkehren würden, stellt sich nicht ein. »Es ist Gwyneth.« Ich klopfe noch einmal zart.

Die Tür fliegt auf, Rosy nimmt mir den Hörer aus der Hand. »Hallo, Baby, wo brennt's denn?«, sagt sie in bester Laune.

Die Bezeichnung *Baby* hat damit zu tun, dass Gwyneth ohne die Fürsorge und den Schutz von Rosemary ihren heutigen Lebensweg nicht eingeschlagen hätte. Gwyneth ist ein Waisenkind. Es gehört zu den ehrenvollen Pflichten des englischen Adels, sich mittelloser und bedürftiger Menschen anzunehmen, und mein Vater nahm diese Aufgabe sehr ernst. Er war Schirmherr der *Orphanage-Foundation* von Trench-upon-Water, dem Städtchen, das zu Füßen von Sutherly Castle liegt. Solange es unsere finanzielle Situation zuließ, kam das Waisenhaus in den Genuss von Zuwendungen. Als uns kurz vor Papas Ende das Geld ausging, beschränkte sich seine Philanthropie darauf, ein ausgesuchtes Waisenkind unter den persönlichen Schutz der Escroynes zu stellen. Dieses Kind war Gwyneth Trout. Das kleine Mädchen kam manchmal zu uns zu Besuch und wurde von Jahr zu Jahr hübscher. Als der Tag gekommen war, an dem sie sich für einen Beruf entscheiden sollte, stand ihre Wahl fest: Gwyn wollte zur Polizei.

Rosy und ich kannten uns damals noch nicht, aber Rosemary Daybell tat bereits Dienst bei der Mordkommission von Gloucester und unterrichtete zugleich auf der örtlichen Polizeischule. So kam Gwyneth Trout nicht nur unter die Fittiche meines Vaters, sondern auch in die strenge Schule von Detective Daybell. Seit Rosy und ich ein Paar sind, hat sich diese Verbindung naturgemäß noch vertieft. Gwyneth machte ihren Polizeiabschluss, wurde rascher als üblich in den Rang eines Sergeants erhoben und besuchte darauf die Offiziersschule in London.

»Wahrscheinlich weil sie so hübsch ist«, beantwortete Rosy meine häufig gestellte Frage, weshalb sich Gwyns Karriere so rasant entwickelte. »Schöne Mädchen haben es leichter.«

Ich bin kein Experte, was Frauen betrifft, aber es ist nicht übertrieben zu sagen, dass Gwyneth genauso gut eine Modelkarriere hätte einschlagen können. Sie ist groß und schlank, mit einer Figur, die, wie es so schön heißt, Männer in den Wahnsinn treibt. Ihr goldblondes Haar ist echt, ihre grünen Augen sind echt, ihre samtenen Lippen verheißen die Sünde, während ihr Geist nüchtern und klar funktioniert. Tatsächlich muss man Gwyneth Trout als tolle Frau bezeichnen, allerdings gibt es da jene besondere Charaktereigenschaft, das *Glitschige* an ihr. In Gwyneths Fall gleicht der Name *Trout* einer

Charakterisierung. Die Neunundzwanzigjährige ist schillernd und geschmeidig wie eine Forelle, dabei schwer zu fassen. Sie windet sich gern aus Verbindlichkeiten heraus und hat die Angewohnheit, gegebene Versprechen zu vergessen. Ihre Schwäche liegt darin, sich nicht festlegen zu können. Rosy und ich haben es mehrfach erlebt. Dieses forellenhafte Sich-Durchschlängeln, gepaart mit Gwyneths beträchtlichem Ehrgeiz, bilden einen Interessenskonflikt und die wahre Achillesferse der Schönen.

Während ich mich in Gedanken mit *Baby* Gwyn beschäftigte, ist mir entgangen, dass Rosy und sie bereits seit geraumer Zeit telefonieren. Als ich das Bad betrete, sehe ich die frischgebackene Mrs Escroyne auf dem Klodeckel sitzen, nicken, zuhören und kurze Kommentare abgeben.

»Mhm... Ja, ja. Verstehe. Vier Leichen, ja.« Sie macht beträchtliche Pausen zwischen den Sätzen.

»Was gibt's denn?«, frage ich im Flüsterton.

Rosy hebt den Zeigefinger, unmissverständliches Zeichen, dass sie nicht gestört werden möchte. »Ich weiß wirklich nicht, wie ich dir da helfen soll«, sagt sie. »Außer natürlich...«

Nur zwei Worte – *außer natürlich* – beschließen die ungetrübte Zeit, die Rosy und ich zuletzt genossen haben. Die erste Zeit ihrer Schwangerschaft, mein offizieller Heiratsantrag, das unsagbare Glück, das ich empfand, als Rosy ihn annahm, die Hochzeitsvorbereitungen, die Aufregung, der Stress und die Liebe: Ohne Zweifel gehören die letzten Monate zu den schönsten meines Lebens. Wegen zwei kleiner Worte ist es damit vorbei: *Außer natürlich ...*

»Außer natürlich, ich würde dir helfen«, beendet Rosy den Satz.

»Helfen?«, frage ich hellhörig. »Unser Flug geht in drei Stunden. Wie willst du ihr da noch helfen?«

Die beiden sprechen weitere zehn Minuten miteinander, danach legt Rosy auf und kommt zu mir ins Schlafzimmer.

»Die Kleine braucht dringend Hilfe«, beginnt sie, und ihr Gesichtsausdruck ist mysteriös wie der einer Sphinx.

All meine Antennen sind ausgefahren, und jede einzelne steht auf Alarm. »Was meinst du damit?«

»So einen Fall als allerersten übertragen zu bekommen, gleicht einem Kamikaze-Trip für unser Baby.«

Gwyneth Trout ist seit drei Monaten Chefinspektorin in *Gàidhealtachd*. Ich verwende den gälischen Namen bewusst, denn es hat seine besondere Bewandtnis damit. Mit der Position einer Abteilungsleiterin betraut zu werden, bedeutet einen unglaublichen Karrieresprung für eine Frau ihres Alters und ihrer Erfahrung.

»Aber sie hat doch ihre komplette Abteilung zur Unterstützung«, gebe ich zu bedenken.

»Mit der Spurensicherung und der Forensik allein wird sie so einen Fall nicht lösen.« Nachdenklich geht Rosy im Zimmer auf und ab.

»Was denn für einen Fall?«, begehe ich die Unvorsichtigkeit zu fragen.

»Ein Amokläufer. Er kam in ein Restaurant gestürmt und schoss wild um sich. Es gab vier Tote. Vom Täter fehlt jede Spur. So einen Fall hat es in dieser Gegend noch nie gegeben.«

Tja, die Gegend: Sie macht es verständlicher, weshalb eine Anfängerin wie Gwyn in dieses verantwortungsvolle Amt gehievt wurde. *Gàidhealtachd,* das sind die Highlands von Schottland, und der Distrikt Caithness ist der nordöstlichste Zipfel dieses nördlichsten Zipfels des Vereinigten Königreichs. Die alte Grafschaft beherbergt nur 25 000 Einwohner, das bedeutet, auf eine Quadratmeile kommen durchschnittlich zwanzig Highländer. Doch auch diese Rechnung wird den wahren Verhältnissen nicht gerecht, da sich ein Gutteil der Menschen in und um die Hauptstadt Wick angesiedelt hat. Man kann sich vorstellen, dass bei so wenigen potenziellen Mordopfern die Zahl der Mörder verschwindend gering ist. Chief Inspector in Caithness zu sein, müsste demnach ein ruhiger Job sein. Gwyneths Anruf widerlegt das.

Kopfschüttelnd bleibt Rosy stehen. »Ein Amokmörder bedeutet dort oben eine Sensation.«

»Wenn das so eine Sensation ist, kriegt die örtliche Polizei bestimmt Unterstützung von Scotland Yard«, sage ich hoffnungsvoll.

»Der Yard ist überlastet.« Rosys Blick schweift über unsere Flitterwochenkoffer. »Und Gwyns Chef beharrt auf dem Standpunkt, dass er eine neue Inspektorin eingestellt hat und dass die nun auch ihre verdammte Pflicht und Schuldigkeit tun soll.«

Ich setze zu der alles entscheidenden Frage an: »Aber was hat das alles mit uns zu tun?«

»Das kannst du dir doch denken, oder?«, antwortet Rosy mit einem derart flehentlichen Ausdruck, dass mir das Herz in die Hose fällt.

Ich folge ihrem Blick über unsere leichten Sommersachen, die Strandsandalen, die Badetücher und den Reiseführer durch die Provence. Es gibt nicht allzu viel, worin ich ein Meister bin: Kofferpacken gehört dazu.

»Du süßer Schatz«, flüstert Rosy. Ihr Gesicht bekommt einen romantisch verliebten Glanz. »Du hast sogar an die Taucherbrillen gedacht.«

»Und an die Schnorchel«, füge ich leise hinzu. Mich überkommt die Ahnung, dass ich das Kommende besser im Sitzen verkrafte, daher sinke ich neben den Koffern auf unser Bett.

»Es ist nur ein Billigflug«, setzt Rosy an. »Es wird uns nicht in den wirtschaftlichen Ruin treiben, wenn wir den umbuchen.«

»Mir geht es nicht um den Ruin«, erwidere ich mit wachsender Panik, »sondern um unsere Flitterwochen, die uns für ewige Zeiten durch die Lappen gehen.«

»Nichts geht uns durch die Lappen.« Rosy setzt das Schwertlilienlächeln auf. »Wir werden flittern und flattern, dass es nur so kracht.« Sie hebt die Hände, als verstünde sich das Folgende von selbst: »Das kann man ja genauso gut in Schottland tun.«

»Nein!« Auch ich hebe die Arme, bei mir ist es aber eine flehentliche Geste. »Das kommt nicht infrage. Nicht mit mir. Ich will nicht in die Kälte, wir haben genug davon in Gloucestershire. Ich will in ein warmes Land, ein südliches Land. Ich will nach Südfrankreich. Hast du dir mal die Klimaverhältnisse in Caithness angeschaut? Da liegt im Mai noch Schnee, und der Winter dauert acht lange Monate.«

»Jetzt ist Sommer, Arthur.« Inzwischen hat Rosy sich ungefragt vor meinen Computer gesetzt und ist schon dabei, die Preise verschiedener Fluganbieter zu vergleichen.

Verzweifelt suche ich nach einem besseren Argument. »Ich will nicht, dass du dich in deinem Zustand mit Ermittlungen belastest.«

»Das ist keine Belastung, ich helfe Gwyn ja nur auf die Sprünge. Außerdem bin ich erst im fünften Monat«, setzt sie lächelnd hinzu. »Nach unserer Rückkehr werde ich selbstverständlich auch zu Hause weiter Dienst tun.«

»Es sind unsere *Flitterwochen*.« Wäre das Zimmer ein bisschen größer, würde mein Wutausbruch sicherlich gewaltiger ausfallen. So beschränke ich mich darauf, mit der Faust gegen den Türstock zu schlagen. »Während der Flitterwochen wird überhaupt nicht gearbeitet.« Ich erhebe meine Stimme zum äußersten Imperativ. »Es kommt nicht infrage, verstehst du? Es gibt in diesem Punkt keine Diskussion. Wir fliegen an die Côte d'Azur.«

3

Tower Castle

Der Direktflug nach Schottland dauert kaum eine Stunde. Schweigend sitzen Rosy und ich eng aneinandergezwängt auf durchgesessenen Stühlen mit geschmacklosen Bezügen. Während der Autofahrt von Sutherly Castle nach Bristol haben wir ebenfalls Meile für Meile geschwiegen. Rosy sieht keine Veranlassung, ihre Entscheidung ein weiteres Mal zu begründen, und ich sehe keine Veranlassung, ihr zu verzeihen. Wir lauschen der penetranten Stimme aus dem Lautsprecher, die uns das Gespenst einer Notfallsituation in 30 000 Fuß Höhe vor Augen führt. Wir würgen Billigdrinks und Billigsnacks hinunter und schweigen verbissen.

Mir graut vor Schottland. Schottland im Spätsommer, das bedeutet selbst im abgelegenen Caithness nicht Ruhe und Naturerlebnis, sondern Horden von Touristen, die mit ihren Elektronikspielzeugen Milliarden von Bildern schießen, die Millionen von Touristen bereits vor ihnen geknipst haben. Im Spätsommer gibt es in Schottland nachweislich mehr Japaner als Schafe.

Ich hasse Touristen. Vor allem, wenn ich selbst einer bin. *In Frankreich wärst du auch nur ein Tourist gewesen*, lautete Rosys Argument. Das mag sein, aber für einen, der die Côte d'Azur noch nie gesehen hat, stellt sie einen der Traumorte dieser Welt dar, und ich hatte mich so verdammt auf diese Reise gefreut. Schottland dagegen kenne ich hinlänglich. Schottland ist für einen Escroyne nichts Besonderes. Als Junge hat mich mein Vater mehrmals dorthin mitgenommen. Ich liebe die Erinnerung an jene Zeit mit ihm, aber nicht die Erinnerung an Schottland. Mit ihrer unfassbaren Weite haben mich die Highlands stets traurig gestimmt. Das Wetter ist tückisch, und die Menschen wollen nur eins: die Touristen abzocken. Die Pest auf Schottland!

Missmutig starre ich aus dem Fenster in das Grau in Grau, das einen Vorgeschmack auf meine Flitterwochen darstellt. Nicht die paradiesischen Farben Südfrankreichs erwarten mich, sondern die Grauschattierungen des hohen Nordens. Ich will verdammt sein, wenn ich mich auf diese Flitterwochen freue.

»Wie lange willst du das noch durchziehen?«, fragt Rosy, während wir nach der Landung auf unsere eilig umgepackten Koffer warten. Statt Sandalen Gummistiefel, statt Schnorchel Tweedjacke.

»Ich ziehe nichts durch. Du hast deinen Kopf durchgesetzt, wie immer«, knurre ich. Mein Koffer kommt angerollt.

»Du benimmst dich wie ein trotziges Kind. Wird

das so weitergehen, wenn Gwyn uns gleich draußen erwartet?«

»Was kümmert es dich? Ihr beiden könnt ja jetzt in aller Ruhe *ermitteln*.« Geschmeidig fahre ich den Rollgriff aus, lässig wie ein Flugkapitän ziehe ich mein Köfferchen hinter mir her und lasse Rosy einfach stehen.

So fühlt sich das also an, wenn man verheiratet ist, denke ich. Bevor wir einander das Jawort gegeben haben, lief bei uns alles wie zwischen zwei Jungverliebten. Vor nicht einmal zwei Tagen wurden wir getraut, und wir benehmen uns wie die ältesten Ehekrüppel.

Grauschwarze Wolkentürme heißen mich vor dem Flughafengebäude von Inverness willkommen. Die Temperatur ist schottisch, demonstrativ werfe ich meinen Schal über die Schulter. Auch meine andere Prognose trifft ein: Japaner. Eine ganze Busladung davon. Kaum dem Flieger entstiegen, fotografieren sie in alle Richtungen. Was gibt es auf einem Flughafen bloß zu knipsen?

»Gwyneth, wie schön!« Mein Köfferchen nimmt Fahrt auf, ich eile auf die junge Detektivin zu. »Danke, dass du uns abholst.«

»Tut mir so wahnsinnig leid, Arthur, dass ich euch die Flitterwochen vermassle.« Ihr Gesichtsausdruck ist ehrlich, ihr Bedauern echt, ihre Schönheit selbst im matten schottischen Nachmittagslicht umwerfend.

»Aber, aber, halb so schlimm«, beschwichtige ich.

»Das holen Rosy und ich irgendwann nach. Hauptsache, sie kann dir helfen.«

Warum lüge ich? Weshalb ziehe ich die Show des Verständnisvollen ab, den nichts aus der Ruhe bringen kann? Weil ich nun mal Engländer bin und meine Stimmungen nicht auf dem Tablett vor mir hertrage. Weil ich es nicht ertragen könnte, wenn irgendjemand annehmen sollte, dass Rosy und ich, das Liebespaar des Jahrhunderts, Gefährten fürs Leben, Romeo und Julia aus Gloucester, nicht wahnsinnig glücklich miteinander seien.

»Danke, dass du das sagst«, erwidert Gwyneth. »Es wäre sonst unerträglich für mich, Rosys Hilfe in Anspruch zu nehmen.« Sie gibt mir einen Kuss auf die Wange.

»Mach keine große Sache daraus.« Ich tätschle ihre Schulter. »Als Erstes wollen wir ins Hotel, und danach lasse ich *Sherlock Holmes* und *Dr. Watson* in Ruhe. Vermutlich wollt ihr gleich an den Tatort fahren.«

»Das Hotel *ist* der Tatort.«

»Das Hotel... wieso?« Ich drehe mich suchend nach Rosy um. Sie scheint aufgehalten worden zu sein.

»Hat Rosy dir das nicht erzählt?«

Ich muss an die beiden versteinerten Sphinxen denken, die vorhin sprachlos nebeneinander im Flugzeug gesessen haben. »Unterwegs habe ich die meiste Zeit gelesen.«

»Dieser Amokschütze hat im Restaurant des Schlosshotels in die Menge geschossen.«

»Ein Schlosshotel?«, frage ich überrascht.

»Das *Tackergill Tower Castle*.« Sie lächelt bezaubernd. »Wenigstens das muss dir Rosy aber gesagt haben.«

»Das *Tackergill*, natürlich.« Ich schlage mir mit der Hand an die Stirn. »Wo habe ich nur meinen Kopf?«

»Deshalb fand ich es so eine brillante Idee von Rosy, dass ihr als Hotelgäste eincheckt und nicht als Detective Inspector nebst Gatten.«

»Tja, brillant war Rosy schon immer.« Ich wundere mich, wo sie so lange bleibt.

»Ich finde es toll, dass ihr sogar die Honeymoon-Suite ergattert habt. Und das in der Hochsaison.«

Allmählich verstehe ich, wieso Rosy gestern bis lange nach Mitternacht vor dem Computer saß, während ich so tat, als ob ich schliefe. Sie hat Vorkehrungen für den Schottland-Trip getroffen, so cool und professionell, wie es eben nur Rosy versteht.

Ich sehe mich nach Gwyneths Auto um. »Wo ist denn dein Dienstwagen?«

»Aber, Arthur«, erwidert sie augenzwinkernd, »das würde eure Tarnung doch sofort auffliegen lassen, wenn wir mit Blaulicht und Sirene vor *Tackergill Castle* aufkreuzen würden. Ich bin mit dem Privatauto hier, und Rosy hat bestimmt schon euren Mietwagen…« Sie streckt den Zeigefinger in eine bestimmte Richtung. »Da kommt sie ja.«

Tja, da kommt sie. Wer könnte es leugnen? Eigentlich müsste man es leugnen, denn in solch einem Gefährt habe ich Rosemary, die Schwertlilie aus der Unterschicht, noch nie gesehen. Sie fährt einen... Nein, meine Augen täuschen mich nicht: Sie fährt einen Bentley.

»Leider hatten sie ihn nicht mehr in Dunkelblau, deiner Lieblingsfarbe.« Rosy lässt die getönte Scheibe herunter. »Ich hoffe, Elfenbein findet auch deine Zustimmung.« Sie sagt das mit einem so strahlenden Lächeln, als hätte sie schon vergessen, dass wir zwei uns gerade wie die Vipern angegiftet haben.

»Das, nein... Elfenbein, kein Problem«, stammle ich. »Elfenbein ist okay.«

Der Wagen ist ein Traum in Form und Verarbeitung, den ich leider nicht zu schätzen weiß, denn ich mache mir nichts aus Luxusautos. Selbst wenn ich mir so etwas leisten könnte, wäre ich nicht der Typ, der einen Wagen wie diesen entsprechend pflegen würde. Mein verrosteter Volvo ist genau das Modell, das zu mir passt.

»Wer bezahlt denn das alles?«, frage ich, zunehmend überfordert. »Etwa die Polizei von Caithness County?«

»Wo denkst du hin? Unser Spesenkonto ließe das nicht im Entferntesten zu.« Gwyns lächelnder Blick geht zu Rosy.

»Du etwa?«, frage ich meine Frau konsterniert. »Du berappst das alles? Wovon, wenn ich fragen darf?«

Rosys Gehalt ist gerade hoch genug, um uns beide

durchzubringen. Mein kläglisches Einkommen als freischaffender Grafiker reicht nicht mal aus, um den Erhalt von Schloss Sutherly zu gewährleisten – die nicht enden wollenden Reparaturen, die grotesk hohen Steuern. Seit wir uns kennen, hatten Rosy und ich nie genug gespart, um große Sprünge zu machen. Wie kommt sie plötzlich auf die Idee, einen Luxusschlitten zu chartern und die Honeymoon-Suite in einem Fünf-Sterne-Schloss zu buchen?

»Wie kommst du auf die Idee, einen Luxusschlitten zu chartern?«, frage ich dementsprechend.

»Das ist ja der Witz«, antwortet Gwyneth an Rosys Stelle. »Ihr beide zieht als Earl und Countess Escroyne im Schlosshotel ein. Ist das nicht eine fabelhafte Tarnung? Und dabei ist es nicht mal Hochstapelei, denn das seid ihr ja wirklich.«

Etwas versöhnlicher sehe ich meine schwangere Frau an. »Tja, das sind wir.«

Rosy streichelt das lederbezogene Lenkrad. »So macht mir meine neue Rolle allmählich Spaß.«

»Es ist keine Rolle.«

»Und doch sollten wir sie ein paar Tage so gut wie möglich spielen. Steig ein«, sagt sie mit diebischer Vorfreude. »Ich bin gespannt, was die Karre drauf-hat.«

Gwyn zeigt zum Parkplatz. »Ich fahre voraus, okay?«

»Wie weit ist es denn?« Behutsam lege ich mein Gepäck in den eleganten Kofferraum.

»Knappe zwei Stunden Richtung Norden.«

»*Zwei Stunden?* Wo liegt dieses Hotel, am Nordpol?«

»Du und deine Witze«, lacht Gwyn. »Wir haben in Wick sogar einen Flugplatz, allerdings landen dort nur Regionalflüge aus Aberdeen und Edinburgh.« Sie läuft zu ihrem Auto.

Ich lasse mich neben Rosemary auf den cremefarbenen Ledersitz sinken. »Heraus mit der Sprache: Wieso können wir uns das plötzlich leisten?«

»Das sind unsere Flitterwochen«, antwortet sie unbeschwert. »Da sollte uns nichts zu teuer sein.«

»Aber woher kommt das Geld?«

Sie stellt die Automatikschaltung auf *Drive*. »Hör nur, wie samtig der Motor klingt.« Auf meinen unerbittlichen Blick hin rückt sie mit der Sprache heraus: »Ich habe etwas vom Sparbuch abgehoben.«

»Aber dieses Sparbuch... haben wir doch für Philipp John oder Mary Anne angelegt.«

Die Schwertlilie beugt sich zu mir und küsst mich. »Philipp John oder Mary Anne haben mehr davon, wenn wir zwei glückliche Eltern sind. Es ist doch nur Geld, Arthur. Vergiss es einfach.«

Nach dieser erstaunlichen Botschaft gibt sie Gas und wählt die Ausfahrtstraße von Inverness Richtung Norden. Nach kurzer Zeit fühlt sich mein Allerwertester ungewohnt warm an.

»Was ist das?« Ich lüpfe mein Hinterteil vom Sitz.

»Arschheizung«, strahlt Rosy. »Die gibt es bei diesem Modell serienmäßig.«

4

Gong

Dreißig Schüsse aus einer Pumpgun Z99 Neme-sis«, sagt Gwyneth. »Es ist ein Schweizer Mo-dell, das vor einiger Zeit in die Schlagzeilen geriet, weil die Schweizer Regierung nicht schlüssig beant-worten konnte, wie die Waffe in die Hände von ge-orgischen Extremisten gekommen war.«

»Und wie geriet diese *Z99 Nemesis* in die Hände eines schottischen Amokschützen?«

Rosy und Gwyneth haben sich eine ruhige Ecke in unserem Hotelzimmer gesucht, um den Fall zu dis-kutieren. Das ist bei dieser Kategorie von Hotelzim-mer nicht schwer, denn wir bewohnen eine Suite innerhalb des Mitteltraktes von *Tackergill Castle*, das sind Räume von solcher Pracht, dass sie mir die Bau-fälligkeit meines eigenen Schlosses in aller Deutlich-keit vor Augen führen. Sutherly ist mein Geburtsort, und ich liebe dieses Schloss, doch objektiv betrach-tet ist es ein Sanierungsfall. Das *Tackergill Tower Castle* dagegen ist ein historisches Gemäuer aus dem Mittelalter mit den Annehmlichkeiten des 21. Jahr-hunderts.

Nach dem Einchecken, bei dem wir sehr aristokratisch empfangen worden waren, und nachdem Gwyneth sich heimlich zu uns in die Honeymoon-Suite geschlichen hatte, nahmen Rosy und sie am Sekretär im Erker Platz und breiteten die vorliegenden Ermittlungsergebnisse vor sich aus. Ich habe mich vor dem offenen Kaminfeuer niedergelassen und blättere im *Northern Scot,* der hiesigen Regionalzeitung. Ich tue wenigstens so, als ob ich blättere, denn insgeheim interessiert es mich natürlich, weshalb uns Gwyneth in den hohen Norden gelockt hat.

»Dreißig Schüsse«, fährt Rosy fort. »Wieso hat der Täter dann nur fünf Mal getroffen?«

»Wären dir noch mehr Leichen lieber gewesen?«

»Ich meine damit, dass dieser Mann – nehmen wir an, dass es ein Mann war –, kein ausgebildeter Schütze gewesen sein dürfte.«

»Das habe ich bis jetzt auch nicht angenommen. Er kam in die Abendgesellschaft reingestürzt und hat das Feuer eröffnet. Er hat eine Pumpgun benutzt und kein Scharfschützengewehr. Ist das nicht typisch für einen Amoktäter?« Gwyn versucht in Rosys Gesicht zu lesen.

»Es sieht zumindest so aus«, antwortet Rosy zurückhaltend.

»Was sind denn deine Schlussfolgerungen?« In diesem Augenblick ähnelt Gwyn wieder einer Polizeischülerin, nicht der Dienststellenleiterin der Mordkommission.

»Ich ordne zunächst nur die Fakten: Der vermummte Täter betritt also um 20:30 Uhr das *Shortbread*.«

»Das was?« Ich lasse meine Zeitung sinken.

»Das ist der Name des Restaurants und des Pubs, die dem Hotel angegliedert sind«, antwortet Gwyn. »Alles gehört demselben Besitzer.«

»*Shortbread*.« Ich schmunzle. »Hört sich nach einem merkwürdigen Schuppen an.«

»Lies deine Zeitung, Arthur, und lass uns arbeiten.« Rosy blättert in den Unterlagen. »Wie viele Menschen waren zu diesem Zeitpunkt anwesend?«

»Drei Kellnerinnen, drei Köche und vierzig Gäste«, antwortet Gwyneth.

»*Vierzig?* Ist das üblich, dass dort so viele Leute essen?«

»Im Gegenteil. Die meiste Zeit ist das Restaurant ziemlich leer. Die Einheimischen besuchen lieber den Pub. Aber am Freitag fand ein Gala-Dinner statt, dem ein besonderer Kunstgenuss folgen sollte.«

»Nämlich?«

»Ein Klavierkonzert mit Russell Suckling.«

»Suckling? Nie gehört.«

»Etwa *der* Russell Suckling?«, frage ich hinter meiner Zeitung.

»Du kennst ihn?« Mit müder Geste streicht sich Rosy ihre Locken aus der Stirn.

»Wir haben eine Aufnahme von ihm zu Hause, Rachmaninoff, glaube ich. Der Mann ist international renommiert.«

Gwyneth nickt. »Mr Suckling sollte nach dem Dinner in der Schlosshalle sein Konzert geben.«

»*Nach* dem Dinner?«, wundert sich Rosy. »Ist es normalerweise nicht umgekehrt? Erst die Kunst, dann wird gefuttert?« Sie steht auf und vertritt sich auf dem bombastischen indischen Teppich die Beine. »Die Abendgesellschaft nahm also ihr Dinner zu sich. Bei welchem Gang waren sie gerade?«

»Beim Hauptgang.« Gwyn liest aus den Unterlagen ab. »Gebratene Wachteln auf Belugalinsensalat in Balsamicojus.«

»Das klingt ja schrecklich affektiert. Müssen wir so etwas heute Abend etwa auch essen?« Bevor Gwyn antworten kann, fährt Rosy fort: »Vierzig betuchte Gäste delektieren sich an den bedauernswerten Wachteln. Drei Kellnerinnen huschen zwischen den Tischen umher, in der Küche herrscht Hochbetrieb. Um 20:30 Uhr geht die Tür auf. Ein vermummter Mann betritt das *Shortbread*. Er hebt eine Spezialwaffe, wie sie normalerweise Profikiller benutzen, und feuert in das voll besetzte Lokal. Danach sind vier Menschen tot und ... wie viele verletzt?«

»Nur einer. Der Mann liegt schwer verletzt im Koma.«

»Und nur ein Einziger ist verletzt.« Rosy fasst Gwyn ins Auge. »Der Täter feuert in eine dicht gedrängte Menschenmenge und erzielt ein derart mageres Ergebnis?«

»Ich sehe nicht, worauf du hinauswillst.«

Gwyn begreift es vielleicht noch nicht, ich aber

ahne es, weil ich weiß, wie Rosys Gehirn funktioniert. »Er hätte viel mehr Leute treffen müssen«, melde ich mich zu Wort.

Rosy lächelt in meine Richtung. »Danke, Arthur.« Sie beugt sich über die Fotos vom Tatort. »Er schießt aus circa vier Yards Entfernung auf alles, was sich bewegt. Laut Spurensicherung ging ein Schuss in das Ahnengemälde, einer ins offene Kaminfeuer, drei in die Wandvertäfelung und zwei trafen die Kuchenvitrine. Wäre dieser Fall nicht so ernst, würde ich sagen, der Täter hat seine Brille zu Hause vergessen, oder er war besoffen.« Sie richtet sich auf. »Wie viel Schuss hat so ein Magazin dieser Pumpgun?«

»Dreißig.«

»Er verschießt dreißig Kugeln, sein komplettes Magazin, und trifft nur fünf Mal? Irgendetwas stimmt da nicht.«

»Vielleicht war es der Druck, die Nervosität«, gibt Gwyn zu bedenken.

Rosy tippt mit dem Finger auf den Sekretär. »Das ist es ja gerade: Ein Amoktäter befreit sich normalerweise durch die Tat von seinem inneren Druck. Er erleichtert sich sozusagen. Wenn jemand in diesem kleinen Raum tatsächlich *wild* und *unkontrolliert* herumgeschossen hätte, wäre das Ergebnis ein Massaker gewesen.«

»Du meinst, er hat seine Opfer gezielt ausgewählt?«

»Nach allem, was wir bis jetzt wissen, wäre das mein vordringlicher Verdacht.«

»Ich bin so froh, dass du da bist, Rosy«, bricht es aus der jungen Detektivin hervor. »In meiner Abteilung sind alle der Meinung, dass es eine echte Amoktat war.«

Rosemary lässt sich schwer in einen Sessel fallen. »Ich benenne lediglich meine Eindrücke. Habe ich euch das nicht auf der Schule beigebracht? Achtet bei jedem Fall auf die ersten Impulse. Je mehr Fakten du hast, desto dichter wird der Wald, durch den du dich durchfinden musst. Der frische, unbeeinflusste Zugriff ist oft der entscheidende.«

Während Gwyn ein weiteres Papier hervorzieht, lehnt Rosy sich zurück. Sie wirkt erschöpft. Die Anstrengung der Reise macht sich erst jetzt bemerkbar.

»Hier habe ich ein erstes psychologisches Profil, was das Täterverhalten betrifft. Entweder der Mörder stand unter dem Einfluss einer dissoziativen Störung, also einer Störung seiner Impulskontrolle: In dem Fall hätte er tatsächlich in blinder Wut getötet«, erklärt Gwyn. »Es sind aber auch Fälle von Amokschützen bekannt, deren Tat nicht eruptiv stattfand, sondern über Monate oder Jahre bis ins kleinste Detail geplant war.«

»Euer Psychologe attestiert damit nichts weiter, als dass es so, aber auch ganz anders gewesen sein könnte. Ich denke, die Antwort, ob der Mann im *Shortbread* unkontrolliert herumgeknallt oder gezielt geschossen hat, werden wir aus der Liste der Opfer ablesen können.« Rosy bückt sich und bindet ihre Schnürsenkel auf.

»Getötet wurden zwei Männer und zwei Frauen.«

»Ist unter den Frauen jemand von den Angestellten?«

Gwyneth prüft das. »Nein.«

»Merkwürdig.«

»Wieso?«

»Weil die Kellnerinnen die Einzigen sind, die in einem Restaurant aufrecht stehen. Sie hätten ein leichtes Ziel abgegeben. Also, wer sind die Opfer?«

Rosys rechter Schuh lässt sich nur schwer abstreifen. Sie keucht.

»Lass mich das machen.« Mit drei Schritten bin ich bei ihr, gehe auf die Knie und helfe ihr aus dem Schuh. Ihr süßer Fuß ist angeschwollen. »Brauchst du irgendetwas? Soll ich dir etwas zu trinken holen?«

»Wie spät ist es überhaupt?«

Rosy will ihr Handy zücken, Gwyneth ist schneller. »Gott, schon nach sieben. Bitte verzeiht, ich halte euch schon viel zu lange auf.«

»Noch ist ja nicht einmal der *Gong zum Dinner* ertönt.« Rosy grinst. Sie meint das spöttisch, weil aus ihrer Sicht nirgendwo auf der Welt noch ein Gong die Hotelgäste zum Abendessen ruft. Seufzend kommt sie aus dem Sessel hoch. »Aber vielleicht ist es wirklich besser, wir machen Schluss für heute.«

»Entschuldigt nochmals«, sagt Gwyn auch in meine Richtung, packt ihre Sachen zusammen und zieht den Trenchcoat über.

»Hoffentlich sieht dich keiner, wenn du aus der Honeymoon-Suite schlüpfst.«

»Ich nehme die Dienstbotentreppe.« An der Tür bleibt Gwyneth stehen. »Wie soll es jetzt weitergehen?«, fragt sie scheu. »Ich meine, wann?«

»Morgen natürlich. Unsere Flitterwochen dauern ja nicht ewig. Am besten, wir kommunizieren vorwiegend übers Internet«, schlägt Rosy vor. »Ich werde mich heute Abend als Lady Escroyne unter jenen Hotelgästen umhören, die die Tat miterlebt haben.«

»Sind die Leute nach dem, was passiert ist, denn nicht abgereist?«, frage ich überrascht.

»Ich habe angeordnet, dass alle so lange hierbleiben müssen, bis wir sie vernommen haben«, antwortet Gwyn.

»Gut gemacht«, nickt Rosy.

»Das war einfach. Bei den Preisen, die man für dieses Hotel bezahlt, kann nicht einmal ein Massenmörder die Leute aus ihren Zimmern vertreiben.«

Damit verschwindet die Kommissarin nach draußen.

Ein Moment der Stille. Rosy kommt näher. »Ich verstehe gar nicht, warum ich so müde bin.« Sie lässt sich in meine Arme sinken.

»Na hör mal, die Reise, der Stress...«

»Ich habe so einen Bärenhunger, dass ich sogar Wachteln auf Linsensalat verdrücken könnte.«

Und dann passiert das Unvermutete, von draußen ertönt ein Gong. Sensibel angeschlagen, zugleich mit vollem Klang, hört man ihn immer wieder aus verschiedenen Richtungen. Der Gong-Schläger scheint im *Tower Castle* umherzugehen und seines Amtes zu walten.

»Das gibt's doch nicht«, ruft Rosy.

»Das gibt es in alten Gemäuern wie diesen eben doch. Es gehört zum guten Ton.« Ich streichle ihr wildes Haar. »Ziehen wir uns um?«

Verdutzt zeigt sie auf ihr bequemes Reisekostüm. »Umziehen, wozu?«

»Ich könnte mir vorstellen, dass in diesem Etablissement auf Abendgarderobe Wert gelegt wird.« Auf dem Weg zum Schlafzimmer drehe ich mich um. »Werden wir etwa im *Shortbread,* also am Tatort, zu Abend essen? Ist das nicht ein bisschen geschmacklos?«

»Das *Shortbread* wurde gesperrt, bis die Beweisaufnahme abgeschlossen ist.« Rosy öffnet ihre Bluse. »Das Management weicht mit dem Speisesaal notgedrungen in die Halle des Schlosses aus.«

»Es wäre auch mehr als skurril, wenn sie im *Shortbread* servieren würden.«

»Stimmt, aber der Rittersaal ist ein zugiges Gemäuer. Da müssen sie erst die Heizung anwerfen.«

»Heizung – im Sommer?« Ich seufze.

Rosy geht ins Bad. »Was ziehst du an?«

»Das Dinnerjacket.«

»Was für Umstände! Es ist ganz schön anstrengend, von blauem Blut zu sein.« Hinter ihr fällt die Tür ins Schloss.

Rachmaninoff

Ich bin glücklich. Das mag überraschend klingen, doch ich bin glücklich, weil eine attraktive, smarte, liebevolle und scharfzüngige Frau mit mir im Rittersaal tafelt. Eine Frau, die unser gemeinsames Kind erwartet. Rosy hat sich für das blaue Kostüm entschieden, das ihre Rundungen reizvoll hervorhebt und den Schwertlilienaugen besondere Tiefe verleiht.

»Was für ein mieser Fraß«, sagt Lady Escroyne.

»Das ist *Hugga-muggie*«, erkläre ich. »Ein Fisch-Haggis, das mit gehacktem Hummer im Fischmagen serviert wird.«

»Und wieso isst man das in Tomatensoße? Da schmeckt man ja gar nichts vom Fisch.«

»Es ist ein schottisches Nationalgericht.«

Rosy schiebt den Teller von sich. »Nichts für mich.« Ein Wink, und der livrierte Kellner eilt an unseren Tisch.

»Madam wünschen?«

»Haben Sie Steak?« Sie mustert ihn mit Detective-Augen.

»Wir haben Fischwochen, Madam.«

»Aber ein Steak werden Sie doch hinkriegen, oder?«, geht Rosy dazwischen.

»Ich denke, ja, Ma'am.«

»Dick?«

»Wie bitte?«

»Ob das Steak dick ist?«

»Wir werden unser Möglichstes tun.« Der Kellner verlässt den Tisch mit dem Ausdruck größter Indigniertheit.

»Ich finde es interessant, wie du an deinem Image feilst.« Lächelnd nehme ich einen Bissen vom Fisch.

»Image?«

»Die Countess von Sutherly lässt ihre Sklaven springen.«

Rosy zuckt die Schultern. »Wenn ich hier schon die astronomischen Preise berappe, möchte ich essen, was mir schmeckt, und nicht etwas, das man aus einem Fischmagen pult.«

Ich stelle das schon seit ein paar Wochen an Rosy fest: Sie lässt ihre Launen zügelloser an der Umwelt aus als früher. Die Schwangerschaft macht aus der selbstbewussten Kommissarin eine kleine Despotin.

»Hier zieht es.« Als ob ein Eissturm durch die Halle fegen würde, wickelt sie ihr Schultertuch um den Hals und sieht sich um. Rund zwanzig Tische, an denen Herrschaften mittleren Alters tafeln. »Wie versnobt das alles ist.« Rosy setzt zu einer zünftigen Kritik gegen Leute an, die auf einem Schloss Urlaub machen, um sich zu beweisen, dass sie etwas Besonderes darstellen.

»Aber wir wohnen doch auch auf einem Schloss«, gebe ich zu bedenken.

»Notgedrungen.« Hungrig bricht sie ein Stück Brot ab. »Mir wäre eine praktische Dreizimmerwohnung lieber als dein runtergekommener Falkenhorst.«

Allmählich gelingt es Rosy, mir meine wohlige Stimmung zu vermiesen. »Zuerst schleppst du mich in den hohen Norden, statt dass wir in unser südfranzösisches Paradies fahren, und jetzt meckerst du an allem nur rum.«

»Ssst, sei mal still.« Rosy wendet ihr rechtes Ohr dem Nachbartisch zu.

»Der Mord galt Russell Suckling, da bin ich todsicher«, sagt eine Matrone, etwa Anfang siebzig, mit blond gefärbtem Haar. Ihr gegenüber sitzt ein wesentlich jüngerer Mann mit zwanghaft sportlichem Aussehen. Bräune aus dem Sonnenstudio, sein tief sitzender Scheitel soll die Glatze verbergen.

»Aber wie erklärst du dir, dass dieser Wahnsinnige dann drei weitere Leute umgebracht hat?«, erwidert der Sportveteran.

»Weil er verrückt ist. Verrückte Killer bringen mit Vorliebe Prominente um. Es liegt ihnen im Blut. Promis sind nun mal ein beliebtes Mordobjekt.«

Rosemary beugt sich zu den beiden. »Verzeihen Sie meine Neugier: Waren Sie etwa bei dem Gemetzel im *Shortbread* dabei?«

Die gewandte Detektivin tarnt ihr erstes Verhör mit klatschmäuliger Neugier und schlägt damit sofort den richtigen Ton an. »Darf ich mich vorstellen? Countess Rosemary Escroyne«, säuselt sie.

»Countess?«, fragt das blonde Ungetüm prompt.

»Dann vermute ich, das ist Ihr Mann, der Earl?« Die Lady riskiert einen neckischen Augenaufschlag in meine Richtung. Ich mag es nicht, angegrinst zu werden, nur weil meine Vorfahren mit den Königen von England in die Schlacht zogen. Daher nicke ich von oben herab und widme mich meinem *Huggamuggie*. Mag Rosy ihren merkwürdigen Job machen, mich soll man dabei in Ruhe lassen.

»Ich bin Henrietta Freeman aus Wisconsin«, erwidert die Blonde. »Und das ist mein Reisebegleiter, Mr Todd.«

»Angenehm«, sagt Rosy. »Sie kommen aus den Vereinigten Staaten?«

»Im Grunde bin ich bereits halbe Schottin. Zweimal im Jahr treibe ich mich als Schlossgespenst in einem dieser alten Gemäuer herum.« Mrs Freeman lacht, doch das ist kein Lachen mehr, es klingt wie die Explosion eines Sicherheitsventils. Die Herrschaften am Nebentisch zucken irritiert zusammen. »Und Toddy«, fährt Mrs Freeman fort, »Toddy stellt immer wieder neue, ungewöhnliche Reiserouten für uns zusammen.«

»Was für ein Pech, im Urlaub in so eine schreckliche Sache verwickelt zu werden.« Rosy rutscht näher.

»Recht haben Sie. Ich frage mich wirklich, wie wir heute schon wieder so ruhig an einem Tisch sitzen und einen Bissen hinunterkriegen können. Die Kugeln pfiffen uns buchstäblich um die Ohren.« Bewegt tupft Mrs Freeman mit der Serviette an ihren Mund.

»Wollten Sie denn auf den Schock nicht sofort abreisen?«

»Wo denken Sie hin? Um nichts in der Welt will ich die Lösung des Falles verpassen.« Mrs Freeman wird sich ihres sensationslüsternen Tones bewusst und setzt nüchtern hinzu: »Außerdem zählt die Kriminalpolizei auf meine Mitwirkung.«

»Das ist ja unglaublich spannend«, antwortet Rosy, der nicht entgangen ist, dass die Leute an den Nebentischen mittlerweile lange Ohren machen. »Arthur und ich sind erst heute Nachmittag angereist. Was halten Sie davon, wenn wir uns nach dem Dinner auf einen Brandy zusammensetzen? Es ist doch etwas anderes, so eine Story von einer Augenzeugin zu erfahren, als sie in der Zeitung zu lesen.«

»Sehr gern«, antwortet Mrs Freeman. »Werden Sie uns auch Gesellschaft leisten, Lord Escroyne?«

»Arthur müssen Sie leider entschuldigen«, springt Rosy für mich in die Bresche. »Seine Bandscheibe. Er will früh zu Bett.«

Und so verabredet Rosy den Small Talk am Kamin und damit ihr erstes Verhör, noch bevor sie das Steak serviert bekommt. Es ist ein beeindruckend dickes Steak, die Bestellung einer Lady Escroyne fällt eben doch ins Gewicht.

»Russell Suckling muss ein schlimmer Finger gewesen sein.« Mrs Freeman lehnt sich im Ohrensessel zurück.

»Wieso?« Rosy hält ihr Whiskyglas so, dass die beiden nicht merken, dass sie gar nicht trinkt. Kein Mordfall ist so bedeutend, dass Rosemary unserem Baby hochprozentigen Alkohol zumuten würde. »Wir haben zu Hause ein paar CDs von Russell Suckling, und ich finde seine Musik großartig.«

»Künstlerisch war der Mann untadelig«, lenkt die Amerikanerin ein. »Sein Chopin ist eine Offenbarung, sein Rachmaninoff ein Gedicht.« Sie rollt verzückt die Augen. »Ich meine nicht das Genie Russell Suckling, sondern den Schwerenöter.« Als wäre sie die Moderatorin eines Boulevardmagazins, legt Mrs Freeman die Fingerspitzen aufeinander. »Der Maestro hat gern *gewildert*, wenn Sie verstehen, was ich meine.«

»Er war hinter Frauen her?« Auch wenn Rosy von Mrs Freemans Eröffnung etwas enttäuscht ist, beugt sie sich in gespielter Neugier vor.

»Ich behaupte, Mr Suckling war in jeder Hinsicht *begnadet*«, kichert die Blonde. »Ich behaupte, er hat die Zahl seiner potenziellen Liebschaften verdoppelt.«

Unter normalen Umständen würde die Kommissarin die Amerikanerin nun auffordern, ihre Metaphern für sich zu behalten und Klartext zu reden. Die Countess von Sutherly kann sich das jedoch nicht erlauben. »Höchstspannend, aber ich verstehe Sie immer noch nicht.«

»Toddy und ich sind schon zwei Wochen hier, daher haben wir das Drama von Anfang an miterlebt.« Die Blonde nippt an ihrem Glas. »Vor drei Tagen kam Suckling auf Tackergill an. Er bezog die größte Suite und bekam seine Mahlzeiten aufs Zimmer serviert, da er von den Hotelgästen nicht angestarrt werden wollte. Er inspizierte den Steinway-Flügel und gab ein paar Interviews. So viel zu seinen offiziellen Terminen.« Mrs Freeman wirft Mr Todd einen vielsagenden Blick zu. »Bei einem Presselunch, zu dem auch die Hotelgäste geladen waren, konnte ich Suckling zum ersten Mal näher betrachten. Ein gut aussehender Mann Anfang fünfzig, mit der Ausstrahlung eines verlebten Fauns. Dieser Mann braucht Sex, dachte ich sofort. Viel Sex, er liebt Sex, er kann ohne Sex nicht leben.«

»Ach, Henrietta, ich bitte dich«, stöhnt Mr Todd. »Das kannst du doch gar nicht wissen.«

»Kann ich doch«, zischt sie zurück. »Weil ich nämlich am Gesellschaftsleben interessiert bin, während dir um neun Uhr abends die Augen zufallen.« Sie wendet sich wieder Rosy zu. »Dieser Mann war sexsüchtig.«

»Suckling?« Rosy schenkt der Amerikanerin einen schockierten Blick.

Mrs Freeman senkt die Stimme. »Unser Zimmer liegt auf demselben Flur wie Sucklings Suite. Deshalb hatte ich einen guten Blick auf das Geschehen.«

»Haben Sie sich etwa auf dem Flur auf die Lauer

gelegt?« In Rosy erwacht der Verdacht, dass die Blonde sich mit ihren pikanten Geheimnissen nur wichtigmachen will.

»Das war nicht nötig. Unser Badezimmerfenster liegt zwar ziemlich hoch, doch mit etwas Geschick konnte man von dort direkt auf die Terrasse von Suckling blicken.«

»Geschick?«, mischt Todd sich ein. »Die halbe Nacht hast du auf dem Klodeckel gestanden und hinübergeglotzt.«

»Weil mich die Musik gestört hat«, erklärt Mrs Freeman. »Suckling spielte in einem fort Rachmaninoff, natürlich Aufnahmen von sich selbst.« Sie räuspert sich. »Als ich schließlich mal hinübergeschaut habe, war ich von dieser besonderen Party so überrascht, dass ich mir das Treiben etwas genauer ansehen musste.«

Mr Todd stellt sein Whiskyglas hart auf den Couchtisch.

»Sei nicht so spießig, Toddy«, reagiert die Blonde auf dessen Körpersprache. »Dass ich gelinst habe, versetzt mich in die Lage, der Polizei behilflich zu sein.«

»Weiter«, unterbricht Rosy den Schlagabtausch der beiden.

»Suckling hat eine Orgie veranstaltet.« Die Amerikanerin lächelt keusch. »Die Details müssen Sie mir bitte ersparen.«

»Wie hat er das denn organisiert?«, hakt Rosy nach. »Ich meine, woher kamen die *Mitspieler* für die Orgie? Wie viele waren es überhaupt?«

»Es brannte nur wenig Licht dort drüben, das meiste fand außerdem im Inneren der Suite statt. Aber ich glaube, es waren mindestens vier Teilnehmer.«

»Haben Sie jemanden erkannt?«

»Den kleinen Hotelpagen, ihn erkannte ich sofort.«

»Ein Mann?«, fragt Rosy ehrlich überrascht.

»Eher noch ein Junge. Sie haben ihn bestimmt schon gesehen, so ein hübscher, frecher, der den Leuten das Gepäck hochträgt.«

»Und Mr Suckling hat diesen Pagen als was ... als männliche Unterstützung engagiert?«

»Wo denken Sie hin? Jerome, so heißt er, war die *Prinzessin* des Abends. Er musste seine Pagenuniform ausziehen, bis auf die Schleife und das Käppchen.«

»Suckling hatte Sex mit dem Pagen?«

»Er und alle anderen auch.«

»Wer noch?« Rosys Staunen über das, was sich hinter den Mauern des ehrwürdigen *Tower Castle* abgespielt hatte, ist mittlerweile echt.

»Es muss noch jemand aus dem Hotel dabei gewesen sein, eine Frau, die ich nicht erkannt habe. Sie trug eine Maske.«

»Eine Maske? Was meinen Sie damit?«

»So ein schwarzes Latexding, das den ganzen Kopf bedeckt.«

»Woher wissen Sie, dass gerade diese Frau aus dem Hotel stammte?«

»Weil sie später sagte, sie wolle auf ihr Zimmer zurück.«

»Also niemand vom Personal, sondern ein Gast?«
Plötzlich mustert Mrs Freemann Rosemary eigen-
artig. »Sie stellen Fragen, als ob Sie von der Polizei
wären, Lady Escroyne.«

»Polizei, ich?« Rosy lacht und nimmt sich vor,
ihre Fragen ab jetzt mehr im Stil eines harmlosen
Klatsches zu stellen.

»Dann war da noch eine ganz junge Frau. Sie
könnte eine Professionelle gewesen sein.«

»Eine Hure? In dieser abgelegenen Gegend? Wie
kommen Sie darauf?«

»Sie wirkte so billig in ihren hohen Schaftstiefeln.
Ich habe sie im Schloss noch nie gesehen. Während
der sexuellen Tätigkeiten war sie die Aktivste von
allen.«

»Wenn du dich hören könntest, Henny.« Mr Todd
trinkt sein Glas leer.

»Ich verstehe nicht, was die Sexparty mit der Tat
des Amokschützen zu tun haben soll«, sagt Rosy so
arglos wie möglich.

Die Amerikanerin hebt den Finger. »Am Morgen
nach der Orgie tauchte Mister Sucklings Partner im
Schloss auf.«

»Sie meinen, sein Freund?«

»Genau. Die Szene, die dieser Mann dem Pianisten machte, war bühnenreif.«

»Haben Sie das etwa auch vom Klofenster aus beobachtet?«

»Nein, aber unser Zimmer liegt Wand an Wand mit dem von Suckling, und dieser Freund hat eine durchdringende Stimme. Wir konnten praktisch jedes Wort verstehen.«

»Leider«, seufzt Mr Todd.

»Was sagte der Freund? Ich meine, wenn er eine Szene gemacht hat, musste er über die sexuellen Aktivitäten Mister Sucklings ja Bescheid wissen.«

»Er sagte, dass Suckling eine notgeile Sau sei, ein triebgesteuertes Tier, das an seiner Sexsucht eines Tages noch zugrunde gehen werde.« Mrs Freeman schlägt entschuldigend die Augen nieder. »Verzeihen Sie, Countess, aber das waren seine Worte.«

»Und was antwortete der Pianist?«

»Der nahm das sogar als Kompliment. Der Streit der beiden wurde so ausschweifend, dass ich drauf und dran war, jemanden vom Hotel zu rufen, der für Ruhe sorgen sollte.«

»Dafür warst du doch viel zu neugierig«, geht Mr Todd dazwischen.

»Entschuldigen Sie, wenn ich kurz störe.« Ein schlanker Gentleman im Abendanzug ist zu den Dreien am Kamin getreten. Er macht vor Rosy eine leichte Verbeugung. »Lady Escroyne?«

»Ja?«

»Gestatten Sie, Richard Tackergill. Ich bin der Besitzer und Manager des *Tower Castle*, zugleich hier das Mädchen für alles.« Tackergill ist kaum älter als Ende dreißig, er wirkt sehr männlich, mit dunklem Haar und Dreitagebart. »Ich war bei Ihrer Ankunft leider nicht im Schloss, wollte die Gelegenheit aber nicht verstreichen lassen, Ihnen jetzt meine Aufwartung zu machen.«

»Vielen Dank.« Rosy kommt die Unterbrechung des Managers ungelegen. »Wir fühlen uns sehr wohl bei Ihnen.«

»Ist Ihr Mann... Ich meine, wird Lord Escroyne auch noch herunterkommen?«

»Heute wohl nicht mehr.«

»Haben Sie vor, bei uns Golf zu spielen?«, fragt er höflich.

»Golf?« Mit einem Mal fühlt sich Rosy von den vielen Verpflichtungen, die eine Ladyschaft mit sich bringt, überfordert und kontert mit einer Gegenfrage. »Wie schaffen Sie es, die Katastrophe, die sich unter Ihrem Dach abgespielt hat, so gelassen hinzunehmen?«

Tackergill richtet sich zu seiner vollen Größe auf. »Ich bin bemüht, meine Gäste so wenig wie möglich davon spüren zu lassen, aber natürlich ist es ein Albtraum.« Plötzlich verändert sich die Miene des Hotelbesitzers. Seine Lippen zittern, hektisch fährt er sich über die Stirn. »Bitte entschuldigen Sie.« Er wendet sich ab.

»Was haben Sie, Mr Tackergill?«

»Der Baronet hat bei dem Gemetzel tragischerweise seine Frau verloren«, antwortet Mrs Freeman an seiner Stelle.

»Ihre Frau ist unter den Opfern? Das wusste ich nicht. Das tut mir schrecklich leid, Sir.«

Der Baronet ringt um Fassung. »Frances war sofort tot. Als eine der Ersten, hat man mir gesagt.«

»Mein tief empfundenes Beileid.« Rosy gibt ihm die Hand.

»Frances und ich waren erst seit drei Jahren verheiratet.« Er zeigt in die Runde. »Sie war es, die das alles hier auf die Beine gestellt hat. Sie war die Seele des *Tower Castle*.«

»Haben Sie Kinder?«, fragt Rosy.

»Ein kleines Mädchen, Amy.« Er presst die Handflächen aneinander. »Sie weiß es noch nicht. Ich habe keine Ahnung, wie ich ihr sagen soll, dass ihre Mummy nie wieder zurückkehren wird.«

Obwohl die Katastrophe ihn förmlich niederdrückt, zwingt sich der Baronet zu einem Lächeln. »Wie ich sehe, haben Sie sich schon bekannt gemacht.« Er nickt Mrs Freeman zu. »Dann will ich nicht länger stören.« Mit einer kleinen Verbeugung entfernt er sich zur Treppe.

»So ein reizender Mann«, sagt die Amerikanerin mit sorgenvoller Stirn. »Er ist völlig gebrochen. Ich finde seine Haltung bewundernswert.«

»Kannten Sie Mrs Tackergill?«, erkundigt sich Rosy.

»Natürlich. Sie war so hübsch mit ihrem kurz geschnittenen Haar. Sie hat den ganzen Laden hier geschmissen. Die Angestellten sprangen auf ihren kleinsten Befehl. Ich frage mich, wie der Baronet das allein schaffen will. Er selbst kümmert sich eigentlich nur um seinen Garten.«

»Er ist Gärtner?« Rosy nickt in Gedanken. »Wie hat die Detektivin der hiesigen Mordkommission die Neuigkeit von Sucklings Sexparty aufgenommen?«

»Diese Junge? Die weiß noch gar nichts davon.«

»Was?« Für einen Moment verliert Rosy die Fassung. »Sie haben das der Polizei verschwiegen?« Auf Mrs Freemans konsternierten Blick lenkt sie ein. »Sie sagten doch selbst, es könnte für den Mordfall von Bedeutung sein.«

»Siehst du?« Mrs Freeman wirft ihrem Begleiter einen vorwurfsvollen Blick zu. »Toddy meinte, das sei Sucklings Privatangelegenheit. Außerdem wäre es nicht besonders schmeichelhaft für mich, zuzugeben, dass ich ...«

»Dass du gespannt hast«, vollendet Mr Todd.

Die alte Frau mustert ihn wie ein lästiges Insekt. »Manchmal frage ich mich wirklich, weshalb ich dich Jahr für Jahr durch Europa schleppe.«

»Weil du keinen anderen Idioten findest, der deine Launen erträgt und über den du deine Gemeinheiten ausschütten kannst.«

Es ist ein Moment vollkommener Ehrlichkeit zwischen den beiden. Rosy stellt ihr Glas auf den Couchtisch.

Strandgut

Ich müsste mir eigentlich den Mund ausspülen von all dem Gequatsche, das ich heute Abend von mir geben musste.« Im blauen Kostüm wirft Rosy sich zu mir aufs Bett. »Reden alle reichen Leute so?«

»Das weiß ich nicht. Ich bin nicht reich.« Ich lege das Lesezeichen in mein Buch.

»Ich soll dir übrigens von Mrs Freeman gute Besserung wünschen für deine Bandscheibe.«

»Was unser Bett betrifft, werde ich ihre Genesungswünsche bald brauchen können.«

Rosy schaukelt ein bisschen, um die Matratze zu testen. »Zu weich?«

»Zu teuer, wie alles in dem Laden. Auf Latex kriege ich Verspannungen.«

»Du stehst eben mehr auf deine zweihundert Jahre alten Rosshaarmatratzen.« Die wilden Locken bedecken Rosys halbes Gesicht.

»Gab es denn etwas an Mrs Freemans Erzählung, das dir weiterhilft?«

»Sogar ziemlich viel. Und das Verrückte daran ist, dass Gwyneth noch nichts davon weiß.«

Mit müder Stimme schildert Rosy mir die eroti-sche Story der Amerikanerin. »Sex könnte ein star-kes Mordmotiv sein. Verschmähte Liebe führt häufig zu irrationalen Taten, wenn auch selten in solchen Dimensionen wie bei unserem Amokschützen.«

Ich lege meine Hand auf Rosys Kopf und beginne sie sanft zu kraulen. »Mrs Freeman hat also die Theorie, Sucklings schwuler Freund habe den Pia-nisten aus Eifersucht erschossen?«

»Unterm Strich kam das heraus.«

»Hältst du das für eine Möglichkeit?«

»Zu Beginn eines Falles halte ich alles für eine Möglichkeit.« Sie hebt den Kopf. »Ich muss Gwyn auf den aktuellen Stand bringen. Ob ich sie jetzt noch anrufen soll?«

»Gönn unserem Baby seine Nachtruhe, Rosy.« Ich kraule weiter.

»Bleibt die Frage, wieso drei weitere Leute sterben mussten, wenn bloß ein bisexueller Klavierspieler zum Mordopfer werden sollte. Ich muss den Hotel-pagen vernehmen. Ich muss die anderen Mitspie-ler der Sexparty ermitteln. Ich muss rauskriegen, wo Sucklings Freund während der Tat war.«

»Du nicht, Rosy«, entgegne ich beruhigend. »Gwyneth muss das ermitteln. Du wirst während-dessen mit deinem Earl Flitterwochen machen.«

»Das ist so lästig«, knurrt sie.

»Wie bitte?«

»Nicht die Flitterwochen. Lästig finde ich, dass ich die Leute nicht direkt befragen kann. Ich weiß wirklich nicht, wie lange ich noch mit dieser lächerlichen Ladyship-Maskerade durchkomme.«

Ich habe nicht damit gerechnet, dass Rosy sich leicht ins Rollenklischee einer Countess zwängen lassen würde. Trotzdem missfällt es mir, dass sie nur Spott und Hohn dafür übrighat. Ich beschwere mich ja auch nicht darüber, der Mann einer arbeitssüchtigen Polizistin zu sein, die ihre Flitterwochen einem Mordfall opfert.

Ich ziehe meine kraulende Hand zurück. »Die Escroynes haben in unserer Grafschaft jahrhundertelang Gutes getan. Wir haben als Erste unsere Leibeigenen zu Pächtern gemacht. Wir haben die elitären Klosterschulen für die Allgemeinheit geöffnet. Mein Vater hat seine Aufgabe als Förderer sehr ernst genommen. So könnte man die Rolle einer Countess von Sutherly nämlich auch sehen, als Mentorin, und nicht nur als überflüssigen Firlefanz einer lange versunkenen Zeit.«

Ich erwarte Rosys Antwort, doch die Countess hört nichts mehr. Aus ihren genüsslichen Lauten ist leises Schnarchen geworden. Ihr Atem bewegt die Locken auf ihrem Gesicht. Ich seufze. Es dürfte keine Kleinigkeit werden, die werdende Mutter im Schlaf aus ihren Kleidern zu schälen und ins Bett zu bringen.

—

»Was war sein Motiv, Gwyn? Warum hat unser Täter die Tat so und nicht anders begangen?«

Rosy ist in Morgenlaune. Während ich die Angewohnheit habe, einen Tag lieber nach und nach zu begrüßen, ist Rosemary morgens eine Rakete. Bei Sonnenaufgang schießt sie aus dem Bett und erledigt bereits während der Morgentoilette die ersten Telefonate. Ihre Mitarbeiter haben sich daran gewöhnt, dass sie der früheste Vogel im Büro ist und Unpünktlichkeit für eine der sieben Todsünden hält.

Gwyneth, die schöne, verschlafene Regionalkommissarin, musste sich deswegen bereits eine Rüge gefallen lassen. »Du bist noch zu Hause?«, fragte Rosy indigniert, als sie ihre Schülerin um 6:30 Uhr früh anrief. »Hast du etwa noch geschlafen?«

»Bist du aber zeitig auf den Beinen«, murmelte Gwyn im Halbschlaf. »Ihr beiden habt doch Urlaub.«

»Der Mörder macht aber keinen Urlaub«, lautete die knappe Antwort. »Wo treffen wir uns?«

Zwanzig Minuten später gehen Rosy und Gwyn gemeinsam die Liste der Opfer durch. Aus Rücksicht auf mich treffen sie sich nicht in der Honeymoon-Suite, auch nicht im Kommissariat von Wick, die beiden Ermittlerinnen machen einen Spaziergang an den Gestaden des Meeres.

»Egal, ob die Tat die Folge einer dissoziativen Störung war oder ein als Amoklauf getarnter vorsätzlicher Mord, welches Motiv liegt der Tat zugrunde?«

»Extreme Wut und Verzweiflung.« Gwyn friert in der frischen Brise und hält die Arme verschränkt.

»Einverstanden.« Rosy nickt. »Und wogegen richtete sich die Wut des Täters?«

»Gegen jemanden oder etwas, das mit dem *Shortbread* und den Menschen zu tun hat, die dort zu Abend gegessen haben.«

»Sehe ich auch so.« Beim Nachdenken schreitet Rosy weit aus, ihre festen Bergschuhe geben ihr die Möglichkeit dazu. »Allerdings treten Amokschützen selten vermummt auf. Sie richten sich nach ihrer Tat auch häufig selbst, statt einfach zu verschwinden. Sie wollen, dass die Öffentlichkeit weiß, wer sie sind und warum sie es getan haben.« Rosy springt auf einen Felsen. »Nichts davon ist hier der Fall. Unser Täter wirkt auf mich eher wie ein *Sniper*.«

In ihren leichten Schuhen ist Gwyn zurückgefallen und holt die Kommissarin mit ein paar Trippelschritten ein. »Hast du nicht selbst gesagt, für einen Scharfschützen hätte er verdammt schlecht geschossen?«

Wie ein Feldherr blickt Rosy von ihrer erhöhten Position aufs Meer. »Also war es doch eine Tat in blinder Wut?«

Unter der Kommissarin bleibt Gwyn stehen. »Kommen wir auf das Eifersuchtsmotiv zu sprechen.«

»Einverstanden. Ich bin sicher, Mrs Freeman wird dir heute ihre Geschichte von der Sexparty erzählen.«

»Das braucht sie gar nicht. Ich habe inzwischen Russell Sucklings Lebensgefährten vernommen.«

»Wann hast du das gemacht, gestern Abend noch?«

»Gleich nachdem wir uns verabschiedet hatten.«

»Fleißig, fleißig.« Rosy schmunzelt. »Und wie wirkt der Mann auf dich?«

»Sensibel, gebildet. Dieser Holzwarth macht einen ziemlich verstörten Eindruck auf mich.«

»*Holzwarth*?«

»Er ist Deutscher. Guenther Holzwarth, Immobilienmakler aus Stuttgart. Er hat Suckling während dessen ersten Deutschlandtournee kennengelernt. Seitdem sind sie zusammen.«

»Hat er etwas von Sucklings sexueller Freizügigkeit erwähnt?«

»Nur in Andeutungen. Er sprach von Sucklings Talent und der besonderen Menschenliebe, die ihn ausgezeichnet haben soll.«

»Menschenliebe?« Rosy springt in den Sand. »So kann man Gruppensex natürlich auch bezeichnen.«

»Holzwarths Befragung war ziemlich melodramatisch. Der Deutsche hatte die Suite des Pianisten abgedunkelt, Kerzen angezündet und saß da wie dessen trauernde Witwe. Er hat sogar geweint.«

»Das sagt gar nichts. Ich habe schon die ausgebufftesten Mörder weinen sehen. Hat Holzwarth ein Alibi? Wieso saß er am Abend der Tat nicht mit Suckling im *Shortbread*, wenn der Maestro gleich darauf ein Konzert geben sollte?«

»Weil es zwischen ihnen zu keiner Versöhnung gekommen war. Nach ihrem Streit hatte Holzwarth das *Tower Castle* verlassen und im Dorf übernachtet.«

»Haben sie sich am Tag vor dem Mord denn nicht mehr wiedergesehen?«

»Nein.«

»Ist das nicht sonderbar?«

»Nicht unbedingt. Suckling hat tagsüber für das Konzert geübt.«

»Wieso ist Holzwarth nicht wenigstens zum Dinner erschienen? Wo war er die ganze Zeit?«

»Wenn es wahr ist, wäre sein Alibi recht komisch.«

»Ich bin ganz Ohr.« Rosy geht in die Hocke.

»Er hat sich bei einem Spaziergang verlaufen.«

»In dieser Gegend, wo es kaum einen Baum, nur Heidegras gibt? Wie kann man sich da verirren?«

»Er behauptet, aufgewühlt, wie er war, habe er sich nachmittags ins Auto gesetzt und sei in die Landschaft gefahren. Irgendwo sei er ausgestiegen und habe seinen Kummer in die Heide hinausgetragen. Als er sich das nächste Mal umgeguckt habe, wusste er nicht mehr, wo er war.«

»Der Deutsche will uns weismachen, er sei bis zum späten Abend in den Highlands umhergeirrt?«

»Er hat sein Auto angeblich erst wiedergefunden, als es schon dunkel geworden war. Um diese Jahreszeit ist das gegen 22:00 Uhr.«

»Mit einem Wort: Er hat kein Alibi.« Rosy kommt schwungvoll wieder hoch und zeigt auf eine vorspringende Klippe in einiger Entfernung.

»So weit willst du laufen?«, fragt Gwyn mutlos. »Ich habe noch nicht einmal gefrühstückt.«

»Hinterher wird es uns umso besser schmecken.« Mit gönnerhafter Geste winkt die Kommissarin ihre Schülerin weiter. »Wann wurde der Pianist erschossen?«

»Wie meinst du – *wann*?«

»Die Reihenfolge. War er der Erste oder der Letzte oder irgendwann mittendrin?«

»Die Erste, die starb, war Mrs Tackergill. Sie muss aufgesprungen sein, als der Täter ins *Shortbread* stürmte und das Gewehr hervorholte.« Gwyn rutscht auf dem feuchten Felsen ab.

»Ungewöhnlich.« Rosy gibt ihr die Hand. »Wenn jemand eine Waffe zieht, duckt man sich instinktiv, man wirft sich zu Boden. Stattdessen ist diese Frau aufgesprungen?«

»Mehrere Zeugen haben es so geschildert.«

»Und der Schuss hat sie…?«

»Von vorn in den Hals getroffen. Sie war sofort tot. Für den Baronet ist es eine Katastrophe. Die beiden waren ein sehr beliebtes Paar in der Gegend. Frances Tackergill ist es zu verdanken, dass das *Tower Castle* wieder im alten Glanz erstrahlt. Viele in der Gegend profitieren davon.«

»Die Frau war also beliebt?« An der Steigung wird Rosy langsamer.

»Sie war die Seele von Tackergill, die wahre *Schlossherrin*. Sie wurde überall bewundert. Und Amy, ihre Tochter, ist ein kleiner Sonnenschein.«

Rosy keucht. »Das hört sich nach einer richtigen Tragödie an.«

»Was hast du?«

»Ich habe neben meiner Wenigkeit noch einen kleinen Mitbewohner den Hügel hochzuschleppen.« Sie stützt die Hände auf die Knie.

»Willst du dich setzen?«

»Geht schon.«

Selten macht Rosy aus ihrer Schwangerschaft eine große Sache. Sie vertritt den Standpunkt, es gebe für eine Frau keinen natürlicheren Zustand, als schwanger zu sein. Aber Rosy ist in ihrem vierzigsten Lebensjahr, auch sie hat noch nicht gefrühstückt. Langsam richtet sie sich auf. »Ich schlage vor, wir essen was, und dann bringst du mich ins Leichenschauhaus.«

»Wozu?«

»Wenn ich die Menschen, die zu Tode kamen, nicht gesehen habe, kann ich mir keine Vorstellung von ihnen machen.«

»Um acht Uhr morgens willst du dir Leichen anschauen?«

»In jedem Mordfall, den ich aufgeklärt habe, war das Opfer mein *Partner*.« Rosys Atem beruhigt sich. »Nur das Opfer und der Täter wissen, wie es wirklich geschehen ist. Manchmal hilft mir das Opfer dabei, der Wahrheit näher zu kommen.« Sie zuckt die Schultern. »Ich muss die Leute sehen, Gwyn. Da führt kein Weg daran vorbei.«

»Da brauchen wir eine kräftige Unterlage im Magen. Das ist kein schöner Anblick.«

»Das ist es nie.« Neben der Kommissarin beginnt Rosy den Abstieg.

»Ich glaube, ich weiß genau das richtige Lokal für uns.«

7

Liebeswonnen

Besitzt der Tod so etwas wie Würde? Vier Körper auf Stahltischen. Weder Größe noch Originalität, weder Humor noch Liebesfähigkeit zeichnet sich in diesen Gesichtern ab. Nur Leere. Ein Staunen vielleicht, ein Ausgesetztsein. Der Tod hat auf den ersten Blick kein Geheimnis, sein Zustand ist die pure Endgültigkeit. Tote Menschen vermitteln für Rosemary den Eindruck der Hilflosigkeit. Sie betrachtet die Einschusswunden und die klaffenden Austrittswunden. Nur eines der Opfer wurde von hinten getroffen, als es offenbar fliehen wollte. Die anderen wurden von vorn erschossen. Der Täter muss so schnell gefeuert haben, dass keinem mehr die Gelegenheit zur Flucht blieb.

Die klatschmäulige Mrs Freeman hat den Pianisten Russell Suckling gut beschrieben. Selbst als Toter hat er etwas von einem Lebemann. Die wellige Künstlermähne, die fleischigen Lippen, die kräftige Nase. Unter anderen Umständen fände Rosy noch eine weitere Entdeckung amüsant: Suckling hat einen Knutschfleck am Hals.

Daneben wurde ein Jurist aus London aufgebahrt, Mr Terrace. Er hatte beruflich in Schottland zu tun und gönnte sich zwei Nächte im *Tower Castle*. Am Abend der Tat saßen er und sein Partner, Mr Hughes, am Tisch hinter dem Pianisten. Falls Suckling das Hauptopfer war, wäre es denkbar, dass die Juristen unglücklich in die Schusslinie geraten waren. Bei Mr Terrace sitzt der tödliche Schuss unter der Achsel. Er muss sich wohl abgewandt und abwehrend den Arm gehoben haben. Mr Hughes liegt nicht in der Leichenhalle, seine Verletzung war nicht tödlich, aber sie ist es wahrscheinlich doch. Nach einem Kopfschuss befindet er sich im Koma, aus dem er den Ärzten zufolge kaum wieder erwachen dürfte.

Rosy beugt sich über eine alte Frau. Die Mundpartie ist eingefallen, man hat der Toten das Gebiss herausgenommen. Rosy entnahm der Akte, dass Mrs MacDannagh wohlhabend war. Auch davon lässt der Tod nichts erkennen. Was bleibt, ist ein eingefallenes Gesicht mit schmalen Lippen und strähnig weißem Haar. Welchen Sinn hätte die Ermordung der alten Dame gehabt? Sie saß nicht in der Nähe des Pianisten, sondern an einem Tisch in der Ecke. Der Mörder musste gezielt in diese Richtung geschossen haben.

Vier Menschen, die auf den ersten Blick nichts miteinander zu tun hatten. Ein Künstler, eine reiche alte Frau, ein Jurist, der sich auf *Tower Castle* erholen wollte, und die Besitzerin des Schlosshotels.

Mit langsamen Schritten geht Rosy zum letzten

Tisch. Dieser Anblick ist schwer zu ertragen. Kurz geschnittenes Haar, dunkle Brauen, eine zierliche Nase – viel mehr ist von der Physiognomie der Frau nicht zu erkennen. Der Schuss aus dem großkalibrigen Gewehr hat den Hals zerfetzt und das halbe Gesicht fortgerissen. Das Kinn fehlt völlig, die Mundhöhle wurde freigelegt. Das ist kein Antlitz mehr, hier wurde die Verwandlung von einem Gesicht in ein Stück Fleisch vollzogen. Fast wirkt es, als ob der Täter dieser Frau ins Gesicht schießen *wollte*. Wem ist eine solche Tat zuzutrauen? Kann man so etwas überhaupt nur im Affekt vollbringen? Rosy atmet ein paarmal tief durch. Musste Baronet Tackergill seine Frau identifizieren? Wie reagiert ein Mann, der den liebsten Menschen zum letzten Mal in diesem Zustand sieht?

Rosy wendet sich um. Draußen, hinter der Glasscheibe, spricht Gwyneth mit dem Gerichtsmediziner. Die Gelassenheit, mit der die junge Kollegin vier Leichen aufdecken ließ, erschien Rosy typisch für Gwyn. Diese Robustheit legte sie auch auf der Polizeischule an den Tag. Schon damals hätte sich Rosy ein wenig mehr Sensibilität bei Gwyneth gewünscht. Man ist nicht umsonst als Frau bei der Polizei: Neben der Härte des Jobs ist weibliche Einfühlsamkeit einer der wenigen Vorteile gegenüber den Männern.

Beim Verlassen der Halle muss Rosy aufstoßen. Es war keine gute Idee, sich zu einem traditionell schottischen Frühstück überreden zu lassen: Blutpudding, Kartoffel-Scones und Schinken. So ein Essen zieht einen regelrecht zu Boden. Rosy tritt in den Vorraum.

»Hast du schon die Frau befragt, die angeblich mit Suckling befreundet war?«, beginnt sie und merkt zu spät, dass sie das Gespräch der beiden unterbrochen hat. »Entschuldige, ich wollte…«

Gwyn dreht sich um. »Miss Peel? Weshalb?«

»Weil sie während des Anschlags neben Suckling saß. Sie könnte uns Hinweise auf die Reihenfolge der Schüsse geben.«

»Miss Peel hat einen Nervenzusammenbruch erlitten.«

»Können wir sie trotzdem besuchen?« Rosy macht den ersten Schritt zur Tür und spürt im selben Moment, dass das ein Fehler war. Wenn die beiden Frauen unter sich sind, mag Gwyneth sich als Schülerin ihrer früheren Meisterin unterordnen, nicht jedoch in ihrem eigenen Kommissariat.

»Wie willst du Miss Peel denn vernehmen?«, erwidert Gwyn spitz. »Etwa als *Lady Escroyne*?« Hell und frech klingt ihre Stimme.

»Daran habe ich nicht gedacht, du hast recht«, lenkt Rosy ein. »Dann fahre ich mal lieber zu Arthur, der freut sich, wenn ich ihm beim Frühstück Gesellschaft leiste.« Sie öffnet die Tür.

»Äh – Rosy?«, hört sie Gwyn in ihrem Rücken.

»Ja?«

»Ich habe selbst noch ein paar Fragen an Miss Peel. Wenn du willst, begleite mich doch.«

»Ich will dich bei den Ermittlungen nicht aufhalten«, ziert sich Rosy noch ein wenig.

»Vier Augen sehen mehr als zwei.« Gwyn und der Pathologe kommen auf Lady Escroyne zu.

»Danke, dass ich mich in Ihrem Reich umsehen durfte«, sagt Rosemary leutselig.

Der Leichenarzt nickt bleiern und verschwindet in seiner Halle, um die Toten in die Kühlschränke zurückzuschieben.

Im Treppenhaus sagt Gwyn: »Miss Peel ist keine Hotelangestellte und auch kein Gast des *Tower Castle*. Ich könnte dich bei ihr genauso gut als Detective Inspector vorstellen.« Sie mustert Rosy von der Seite. »Zumindest siehst du heute wieder wie du selbst aus.«

Nach nur einem Tag in der Verkleidung von Lady Escroyne ist Rosy heute Morgen kurzerhand in ihre Lieblingskluft geschlüpft: Cordhose, Bergschuhe und ihre unverwüstliche Lederjacke. Das Unikat ist ein Geschenk von mir und stammt aus der Zeit, als ich mein Motorrad verkauft hatte. Seither ist die Jacke Rosy zur zweiten Haut geworden.

»Könnte diese Miss Peel vielleicht die maskierte Frau auf Sucklings Sexparty gewesen sein?«, fragt Rosy auf dem Weg zum Auto.

»Das sollten wir rauskriegen«, antwortet Gwyn auf eine Art, die darauf schließen lässt, dass ihr der Gedanke selbst noch nicht gekommen war.

—

Der Tag hat sich erfreulicherweise recht unschottisch entwickelt. Das Grau über dem *Tower Castle* ist verschwunden, ein solches Himmelsblau könnte sich genauso gut über einem italienischen Ferienort wölben. Die Honeymoon-Suite verfügt über eine Terrasse, früher wohl ein Schießstand, von dem aus Pfeile auf Angreifer der Burg abgeschossen wurden. Rosy rekelt sich auf der Sonnenliege, das heißt, sie könnte sich rekeln, wälzt sich aber unruhig hin und her.

»Gwyn hat Miss Peel nicht im Geringsten unter Druck gesetzt. Die Frau behauptet zwar, eine Freundin Sucklings gewesen zu sein, ich halte sie aber bestenfalls für einen Fan, für eine Trittbrettfahrerin, die sich im Glanz des Pianisten sonnen wollte.«

Mit einem Seufzer lege ich das Lesezeichen in mein Urlaubsbuch. »Hat Gwyn diese Miss Peel auf Sucklings Orgie angesprochen?« »Mit keinem Wort.« Rosy wirft sich auf die andere Seite. »Sie hat ihr keine Falle gestellt, ihr kein Schlupfloch geboten, um aus der Falle wieder rauszukommen, sie hat keinen der Tricks angewandt, die wir auf der Polizeischule geübt haben.«

»Meinst du nicht, dass es für dich nur ungewohnt ist, wenn bei Ermittlungen nicht alles nach deiner Pfeife tanzt?«

»Hältst du mich beruflich für so eine Despotin?«

»Du bist nicht nur beruflich eine Despotin.«

»Das stimmt nicht! Wenn Ralph ein Verhör führt, hatte ich noch nie dieses Kribbeln in den Fingerspitzen, dass ich eingreifen müsste.«

»Weil Ralph und du ein eingespieltes Team seid. Gib unserer Kleinen doch eine Chance.«

Rosy setzt sich so vehement auf, dass die Sonnenliege quietscht. »Man kann die Lösung eines Falles auch ganz schnell versemmeln, weißt du? Wenn man an einer entscheidenden Kreuzung der Ermittlungsarbeit Fehler macht, kriegt man das nie wieder in den Griff.«

»Was willst du dagegen unternehmen? Dir eine Polizeimarke an die Brust heften und posaunen: *Ich bin nicht Lady Escroyne, sondern Detective Inspector Daybell, und Sie sind alle verhaftet?*« Sanfter setze ich hinzu: »Du bist nach Schottland gekommen, um Gwyneth ein bisschen unter die Arme zu greifen, du musst das Mädchen aber auch seine eigenen Erfahrungen machen lassen.« Ich nehme das Lesezeichen wieder aus dem Buch. Wie sehr habe ich mich darauf gefreut, Virginia Woolfs *Die Fahrt zum Leuchtturm* nach vielen Jahren wieder zu lesen, doch die Lektüre fällt schwer, wenn neben mir ein Polizeibluthund geifert.

»Wäre es denn so schlimm, wenn ich meinen wahren Beruf zugeben würde?«, fragt der Polizeihund nachdenklich.

»Ausgeschlossen. Erstens hast du hier keine Amtsgewalt, und zweitens könnte Gwyn ihren Job in Caithness gleich an den Nagel hängen, wenn du alter Hase sie aus der Arena drängen würdest.«

»Das weiß ich ja.« Eine längere Pause entsteht. »Ach, Arthur, wären wir doch nur nach *Chervizon-*

sur-Mer gefahren«, bricht es aus Rosy heraus. »Wir hätten Baguette essen und Rotwein trinken können.«

»Und Liebe machen, *complètement französisch*«, setze ich hinzu.

»Wir hätten Souvenirs gekauft und uns von den Frenchies übers Ohr hauen lassen. Gott, wäre das schön gewesen.«

Ich warte, ob noch ein weiteres Reuegeständnis Rosys kommt und will mich gerade von Neuem in mein Buch vertiefen, als sie den Faden wieder aufnimmt.

»Solange wir keine Ahnung vom Motiv haben, laufen unsere Nachforschungen ins Leere. Warum lädt jemand eine Spezialwaffe, vermummt sich, stürzt in ein Nobelrestaurant und erschießt vier Menschen, die auf den ersten Blick nichts miteinander zu tun haben?«

»Kam der Täter eigentlich ins *Shortbread* gelaufen oder gefahren?«

»Das ließ sich nicht mehr feststellen. Bei all dem Herumgerenne, dem An- und Abfahren der Krankenwagen, war es ausgeschlossen, mögliche Reifenspuren des Täters auf dem Parkplatz sicherzustellen. Er könnte mit dem Auto, einem Motorrad oder auch zu Fuß gekommen sein.«

»Es könnte also auch jemand aus dem Hotel gewesen sein.« Ich lege das Lesezeichen wieder in das Buch.

Rosy setzt sich auf. »Normalerweise haben Amoktaten ein klares Szenario. Der Täter schießt auf jeden, der in sein Schussfeld gerät, und am Ende bringt er sich häufig selbst um. Es ist mir noch nie untergekommen, dass ein Amoktäter seine Morde heimtückisch begeht und hinterher verschwindet. Das sieht eher nach der Racheaktion einer Verbrecherorganisation aus, die einen Killer beauftragt hat, gewisse Leute aus dem Verkehr zu ziehen.«

»Könnte es nicht so gewesen sein?« Ich klappe das Buch endgültig zu. »Vielleicht ist unter den Opfern jemand, der den Zorn des organisierten Verbrechens auf sich gezogen hat.«

»Warum dann aber vier Morde? Weshalb wurde der- oder diejenige nicht direkt aufs Korn genommen?«

»Als Ablenkung möglicherweise.«

Rosy sitzt gebückt auf der Liege und massiert ihre Kopfhaut. »Ein prominenter Pianist, zwei Londoner Juristen, die Besitzerin des Hotels und eine reiche alte Lady. Wo könnte da ein Zusammenhang bestehen?«

Ich nehme einen Schluck Limonade. »Ist es bei öffentlich verübten Morden nicht manchmal so, dass der Täter einen krankhaften Geltungstrieb befriedigen muss? Dass alle Welt erfahren soll, was er getan hat, weil diese Person um jeden Preis Anerkennung bekommen will?«

»Okay, mach weiter«, sagt Rosy, ohne aufzublicken.

»Sollte man in der Person des Mörders vielleicht

einen unterdrückten Menschen suchen, der der Meinung ist, seine wahre Größe werde von der Welt nicht gewürdigt?«

Mit Respekt schaut Rosy mich an. »Nicht schlecht, Arthur.«

»Außer natürlich, der Täter hätte das Amokszenario nur vorgetäuscht, um einen vorsätzlichen Mord zu verschleiern.«

»Bleiben wir zunächst mal bei deiner ersten Theorie. So ein Mensch entwickelt seinen Mordplan nur dann auf derart perverse Weise, wenn seine Sehnsucht, als etwas Besonderes erkannt zu werden, übertrieben groß ist. Es könnte also jemand sein, der im Alltag unterdrückt wird.«

»Oder jemand, der trotz besonderer Qualitäten nicht in der Position ist, für die er sich für würdig hält.«

»Ausgezeichnet, Arthur.« Rosy schenkt mir ein Schwertlilienlächeln. »Da du heute Morgen so effizient bist, sag mir noch gleich: Wie soll ich deiner Meinung nach mit dem Gwyneth-Problem umgehen?«

»Ich würde erst gar keines aufkommen lassen. Gib dem Baby ein paar Tipps, lass dir berichten, wie die Ermittlungen laufen, und dann gibst du ihr die nächsten Tipps. Es macht keinen Sinn, wenn ihr gemeinsam hinter einer Spur herschnüffelt, das setzt sie nur unter Druck, und dir vermiest es die Urlaubslaune.« Ich greife zum Glas und lasse die Eiswürfel darin klirren. »Und in den Flitterwochen bestehe ich auf einer sonnigen, entspannten und sexhungrigen Laune meiner Frau.«

»Du willst tatsächlich Sex mit einem Pummelchen wie mir?«

»Ist das nicht der Sinn von Flitterwochen? Wenn nicht hier, wo dann?« Ich zeige ins Innere der Suite. »Wir verfügen über ein Doppelbett von der Größe der Orkney-Inseln.«

»Du meinst... jetzt?« Ihre Wangen überziehen sich mit Röte.

»Hast du vor dem Lunch noch was Besonderes vor?« Ich trinke mein Glas aus.

»Ich wollte mir eigentlich den Hotelpagen vorknöpfen, der es mit Mr Suckling getrieben hat. Aber das hat natürlich Zeit.« Rosy steht auf.

»Wozu willst du dich an den Sexpartys anderer Leute aufheizen, wenn du zu deiner eigenen Sexparty nur wenige Schritte zu tun brauchst?«

Hand in Hand betreten die Escroynes die Honeymoon-Suite und schließen vorsichtshalber die Terrassentür.

8

Union Jack

ister Terrace und Mr Hughes waren Juristen. Sie kamen aus London, mehr weiß ich nicht.«

»Haben die Gentlemen in der gleichen Kanzlei gearbeitet?«

Mit weißer Spitzenbluse und grauem Rock hatte sich Rosy wieder in die Countess of Sutherly verwandelt und legte sich daraufhin in der Lobby auf die Lauer. Ihr erstes Opfer wurde Baronet Tackergill, der Hotelbesitzer. Mit dem Satz: »Ich könnte gut verstehen, wenn Sie über den unbegreiflichen Vorfall nicht reden wollen«, hatte sie das Gespräch eröffnet.

Doch der Baronet hatte sich bereitwillig darauf eingelassen, er schien sogar froh zu sein, sich etwas von der Seele reden zu können. »Wieso interessieren Sie sich für die beiden?«

»Es kann sein, dass ich den Gentlemen einmal in London begegnet bin.«

Das war gelogen. Wahr ist dagegen, dass sie Mr Terrace und Mr Hughes gegoogelt und festgestellt hat, dass die Herren hauptberuflich als politische Lobbyisten gearbeitet hatten, in letzter Zeit für die *Scottish National Party*.

»Auch wenn Schottland seine Unabhängigkeit nun doch nicht erreicht hat, wird es in den Belangen der schottischen Autonomie große Veränderungen geben«, fährt Rosy fort. »Terrace und Hughes hatten dabei ihre Finger im Spiel.«

»Ich staune, Lady Escroyne.« Mit einer Geste bittet der Hotelbesitzer um Erlaubnis, neben ihr Platz nehmen zu dürfen. »Sie engagieren sich politisch?«

»So wie es jeder Bürger auf unserer schönen Insel tun sollte, finden Sie nicht auch? Die Geschicke Schottlands interessieren mich seit jeher, mehr noch, sie bewegen mich. Nach drei Jahrhunderten wäre Ihr prächtiges Land um ein Haar wieder ein eigenständiges Staatsgebiet geworden.«

»Sechs Prozent Stimmunterschied bei der Volksabstimmung sind wohl mehr als ein *Haar*.«

»Trotzdem war es eine faszinierende Idee.«

»Das sagen ausgerechnet Sie, eine eingefleischte Engländerin?«

»Ich würde mich eher als eingefleischte Europäerin bezeichnen«, antwortet Rosy. »Ich finde es eine wunderbare Vorstellung, in unserer überglobalisierten Welt einem starken Europa anzugehören. Denn sind wir doch mal ehrlich: Eine Weltmacht wird Großbritannien nie wieder werden.«

Tackergill streicht sein kastanienbraunes Haar aus der Stirn. »Sie erstaunen mich dennoch. Sind Sie als

Lady Escroyne nicht auf der Seite derer, die die Eigenständigkeit des Königreichs befürworten? Sie wollen stattdessen, dass das glorreiche *Britannia* nicht mehr allein über sein Schicksal bestimmen kann, sondern im Pool von achtundzwanzig Mitgliedsstaaten mitschwimmen muss? Sie wollen endlose Streitereien in Brüssel, aufgeblähte Bürokratie, anstatt den Union Jack frei im Wind flattern zu sehen?«

»Wenn der Union Jack ganz allein dort oben im Wind flattert, dürfte es um ihn ziemlich einsam werden, und unsere ohnehin marode Wirtschaft würde dann noch tiefer sinken.« Auf Tackergills erstaunten Blick erklärt Rosy: »Sie sollten wissen, dass ich keine waschechte Lady Escroyne bin, sondern sozusagen eine *Mesalliance.* Seine Lordschaft hat unter seinem Stand geheiratet.«

»Demnach sind Sie eine *Bürgerliche?*« Der Baronet lächelt überrascht.

»Schlimmer noch: Mein Vater war Maurer, meine Mutter treibt die Steuern für das County Council ein, und beide haben ihr Leben lang Labour gewählt.«

»Ich bin schockiert«, sagt Tackergill mit gespieltem Erschrecken.

»Was Terrace und Hughes betrifft«, nimmt Rosy den Faden wieder auf, »was wollten die wohl hier im Norden?«

»Sich erholen natürlich.«

»Mehr nicht?«

»Worauf wollen Sie hinaus?«

»Man muss eine recht umständliche Anreise in Kauf nehmen, um auf Ihr einsames Schloss zu kommen, Sir. Lobbyisten sind jedoch üblicherweise Leute, die sich gern dort aufhalten, wo das Gedränge am dichtesten ist. In dieser Gegend drängen sich bestenfalls die Schafe. Was suchten die beiden hier, wenn sie nicht jemanden von Bedeutung treffen und vielleicht einen Deal mit ihm absprechen wollten?«

Der Baronet scheint verwirrt. »Lady Escroyne, glauben Sie etwa, Terrace und Hughes hatten mit dem Massenmord etwas zu tun?«

»Nicht als Täter natürlich, aber vielleicht liegt der Grund für dieses schreckliche Attentat in der Anwesenheit der beiden Gentlemen.«

»Das ist eine höchst interessante Theorie«, antwortet Tackergill. »Halten Sie es für denkbar, dass ein politisches Motiv dahinterstecken könnte?«

»Wieso?«

»Weil Sie das Wort *Attentat* benutzt haben. So habe ich den Vorfall noch nie gesehen. Finden Sie nicht, dass Sie der örtlichen Polizei von Ihrer Theorie erzählen sollten? Unsere junge Detektivin macht auf mich nämlich keinen besonders erfahrenen Eindruck.«

»Sie ist vielleicht nicht erfahren, aber trotzdem eine exzellente Ermittlerin«, gibt Rosy vehement zurück.

»Darf ich fragen, wie Sie zu dieser Einschätzung kommen?«

»Mr Tackergill, ich muss Ihnen ein Geständnis machen.«

Damit lässt Rosy die Würfel rollen. Auch wenn es eine Indiskretion gegenüber Gwyneth bedeutet, will sie versuchen, einen Komplizen zu gewinnen.

»Ich bin die Countess von Sutherly, das ist korrekt.« Sie blickt sich um, ob ihnen auch niemand zuhört. »Zugleich übe ich hier aber meinen Beruf aus. Ich bin leitende Detektivin der Mordkommission von Gloucester, und Gwyneth Trout ist meine Freundin.«

»Sie sind… von der Polizei?« Dem Baronet entfährt ein ungläubiges Lachen. »Verzeihen Sie, Ma'am, nicht in hundert Jahren wäre ich auf diese Idee gekommen.«

»Und es wäre mir lieb, wenn außer Ihnen auch niemand davon erfährt.«

»Sind Sie etwa bei uns, um *undercover* zu ermitteln?« Der Baronet legt einen Finger an den Mund. »Natürlich, es muss ja so sein: Wenn ich mich recht erinnere, haben Sie die Honeymoon-Suite einen Tag nach dem Mordanschlag gebucht.«

»Ich ermittle nicht«, beschwichtigt Rosy. »Ich gebe Miss Trout lediglich die Gelegenheit, ihre Schlussfolgerungen mit mir auszutauschen. Das ist eine gängige Polizeitechnik bei komplizierten Mordfällen.«

Von einer Polizeitechnik, bei der die Lehrerin der Schülerin zu Hilfe eilt, wenn es brenzlig wird, hat man noch nie etwas gehört. Doch der Baronet scheint sich mit dieser Erklärung zufriedenzugeben.

»Da habe ich also eine veritable Detektivin unter meinem Dach?« Er schüttelt den Kopf. »Erwarten Sie jetzt von mir, dass ich Ihnen bei der Arbeit unter die Arme greife?«

»Würden Sie das denn tun, Sir?«

Auch wenn Tackergill einen Moment lang amüsiert wirkte, verfällt sein Gesicht in der nächsten Sekunde. »Meine Frau ist tot, Lady Escroyne. Man hat mir meine wunderbare Frances geraubt, mit der ich unendlich glücklich war. Man hat dieses einmalige Wesen aus der Blüte seines Lebens gerissen und unserem kleinen Mädchen seine Mutter genommen. Glauben Sie nicht, dass ich vor allen anderen möchte, dass die Bestie, die das getan hat, ihrer gerechten Strafe zugeführt wird?«

»Doch, das glaube ich«, antwortet Rosy bewegt. »Wie kann ich Ihnen also helfen?«

Rosemary ist von der Entwicklung des Gesprächs so überrascht, dass sie kurz überlegen muss. »Mir würde jede Art von Information nützen, die Sie mir zu den Opfern geben können.«

»Abgesehen von meiner Frau und der hier in der Gegend allseits bekannten Mrs MacDannagh waren die Übrigen lediglich Hotelgäste für mich.«

»Demnach kannten Sie Terrace und Hughes vor deren Ankunft hier nicht persönlich?«

»Nein.« Tackergill hebt den Zeigefinger. »Das heißt, Moment: Ich bin ihnen schon einmal begegnet. Das war in Edinburgh, bei einem Parteikonvent der *Scottish National Party*.«

»Sie sind Mitglied der SNP?«, fragt Rosy, nicht sonderlich überrascht.

»Ich bin sogar im Parteivorstand für meine Grafschaft.« Er lächelt bescheiden. »In dieser einsamen Gegend gibt es nur wenige, die freiwillig Parteiarbeit machen, daher hält sich die SNP eben an die Aristokratie.«

»Wie verlief Ihre Begegnung mit Terrace und Hughes in Edinburgh?«

»Wir hatten keinen nennenswerten Kontakt. Lobbyisten scharwenzeln auf einem Parteikonvent gern um die Politprominenz herum. Ich war für sie daher uninteressant.«

»Wie kamen die beiden dann darauf, sich ausgerechnet in Ihrem Hotel einzuquartieren?«

»Weil es das schönste und stimmungsvollste Hotel im Norden ist«, antwortet er selbstbewusst.

»Wen könnten Terrace und Hughes hier getroffen haben? Ich meine jemand Besonderen, der für ihre Arbeit von Bedeutung wäre.«

»Das weiß ich nicht.«

»Würden Sie vielleicht Ihre Gästeliste danach durchsehen, Mr Tackergill?«, fragt Rosy mit ihrem strahlendsten Schwertlilienlächeln.

»Das will ich gern für Sie tun, Detective.«

»Vielen Dank. Und ich verlasse mich darauf, dass mein Berufsgeheimnis unter uns bleibt. Mein Inkognito sollte so lange wie möglich nicht auffliegen.«

Statt einer Antwort erhebt sich der Baronet und macht eine respektvolle Verbeugung vor der Countess of Sutherly. Rosy nimmt das Magazin *Horse and Hound* vom Couchtisch und blättert darin.

—

»Die Unabhängigkeit Schottlands wäre der gewaltigste politische Ruck gewesen, der dieses Land seit Jahrhunderten erschüttert hat.«

Wie Napoleon marschiert Rosy in unserer Suite auf und ab, mit dem Unterschied, dass Napoleon kein Handy am Ohr hatte.

»Auch wenn sich die Schotten letztlich gegen einen souveränen Staat entschieden haben, muss London ihnen jetzt Zugeständnisse machen, Gwyn. Da geht es um Machtverteilung, um Ämter, es geht um die Gewinne aus den Erdölfeldern in der Nordsee, an denen die Londoner Regierung Schottland von nun an stärker beteiligen muss.«

Während Rosy Gwyneths Antwort zuhört, läuft sie im Salon einen weiten Kreis. »Terrace und Hughes waren Lobbyisten. Sie hatten ein gemeinsames Büro im House of Parliaments, sie haben seit Jahren die Interessen der *Scottish National Party* vertreten. Und diese beiden Unterhändler werden ausgerechnet jetzt, da die Verhandlungen zwischen London und Edinburgh in ihre heiße Phase treten, in Schottland erschossen? Da muss es einen Zusammenhang geben, Gwyn.«

Rosy nickt mehrmals. »Das sehe ich auch so. Entweder Terrace und Hughes hatten hier eine Begegnung mit ihrem Mörder, oder es handelt sich um einen Auftragskiller, der die Lobbyisten gezielt um die Ecke gebracht hat und es wie die Tat eines Amokläufers aussehen ließ.« Sie bleibt stehen. »Ich weiß, dass wir keinen Beweis für diese Theorie haben, aber mein Instinkt sagt mir, dass der Schlüssel zur Aufklärung des Ganzen bei Terrace und Hughes liegt.«

Auf bloßen Füßen wechselt Rosy vom Salon ins Schlafzimmer und setzt sich zu mir aufs Bett. »Sucklings Sexparty dürfen wir natürlich nicht außer Acht lassen, besonders da wir noch nicht wissen, wer die weiblichen Mitspielerinnen waren, aber ich finde es wichtig, dass du mehr über Terrace und Hughes herauskriegst.«

Rosy hebt den Kopf. »Ach was, wirklich? Du kennst jemandem im Unterhaus? Ein Ex-Lover von dir?« Ein anzüglicher Blick zu mir. »Diesen Kontakt solltest du unbedingt auffrischen, Gwyn.« Sie lächelt. »Ausgezeichnet, ja, ich finde auch, wir kommen voran.«

Sie will das Gespräch gerade beenden, als sie das Handy noch einmal ans Ohr hebt. »Ach, Gwyn… Ich fürchte, ich muss dir etwas beichten.«

Dann erzählt Rosemary ihrer Schülerin, dass sie den Hotelbesitzer über ihre wahre Identität aufgeklärt hat. »Es war der richtige Moment, glaub mir. Tackergill könnte durchaus nützlich für uns werden.«

Wenn Rosy mit Gwyns Protest gerechnet hat, wird sie von deren Reaktion überrascht. Ich kann die Antwort mithören, da Rosy dicht neben mir sitzt: *Es hätte mich auch gewundert, wenn die im Hotel nicht früher oder später hinter das Geheimnis gekommen wären,* sagt die junge Detektivin.

»Und das stört dich nicht?«, fragt Rosy.

»Ich sehe es eher als Verstärkung an. Wer immer davon erfährt, wird erkennen, dass die Polizei von Caithness von nun an eine gefährliche Verbündete besitzt.«

»Du bist erstaunlich, Baby«, sagt Rosy ehrlich erleichtert, verabschiedet sich und legt auf.

Ich ziehe die Frau mit den wilden Locken in meine Arme. »Ich persönlich hätte dir so einen Alleingang übel genommen.«

»Weil du ein stolzer Edelmann bist«, kichert sie.

»Und Gwyn ist eine Forelle«, antworte ich zwischen zwei Küssen. »Die Kleine ist wendig genug, sich den neuen Verhältnissen schnell anzupassen.«

Rosy befreit sich aus meinen Armen. »Fängst du schon wieder an, an mir rumzumachen?«

»Bis zum Dinner bleiben uns noch einige Stunden.«

Sie flüchtet zum nächstgelegenen Sessel. »Das muss an der schottischen Luft liegen, dass du dich in ein sexbesessenes Tier verwandelst.«

»Glaubst du, nur Pianisten kommen hier auf solche Ideen?«

»Da fällt mir etwas ein.« Sie stoppt mich mit ihrem erhobenen nackten Fuß. »Wie steht es mit deinen Golfkenntnissen?«

»Mein Vater hat es mir beigebracht. Er spielte ausgezeichnet.«

»Und du?«

»Ziemlich eingerostet, würde ich sagen.«

»Gut genug, dich auf den Platz zu wagen?«

»Sag mir zuerst, was du vorhast.«

»Ich möchte, dass du dich ein bisschen bewegst.« Rosy springt auf, läuft auf mich zu und drückt mich aufs Bett. »Wie wär's, Arthur: Ich biete dir eine sündige Stunde, wenn du im Gegenzug etwas für deine Fitness tust und ein wenig golfst.« Sie lässt ihre Rundungen verführerisch über meinen Oberkörper gleiten.

»Gegen wen soll ich denn antreten?«

»Das erzähle ich dir später.« Wie eine Kurtisane macht sich Rosy daran, ihren Teil der Abmachung zu erfüllen.

9

Gier

Als hätte ich mein Leben lang nichts anderes getan, ziehe ich den Trolley hinter mir her. Der Golfbag ist gefüllt mit den nützlichen Utensilien dieses freundlichen Sports. Ich trage eine karierte Hose, adäquate Schuhe, sogar eine passende Kappe: Rosy hat mir ein komplettes Outfit verpasst; der Golfshop des Hotels verleiht alles Nötige.

»Willst du mir etwa weismachen, wenige Tage, nachdem sein Freund erschossen wurde, hat Mr Holzwarth Lust, Golf zu spielen?«

»Er ist Deutscher«, antwortet Rosy, die ganz ohne Golfoutfit neben mir herläuft. »Ich weiß nicht, was die Deutschen unter Trauerarbeit verstehen. Jedenfalls verlangt die Polizei, dass er sich für weitere Vernehmungen zur Verfügung hält, also hat er Zeit und behauptet, er müsse sich ablenken. Da habe ich ihm anvertraut, dass mein Mann, der Earl, einen Golfpartner sucht. Wie erwartet möchte Mr Holzwarth liebend gern mit Seiner Lordschaft eine Runde spielen. Und auf der langen Strecke entlang der achtzehn *Holes* wirst du ihm ein paar Fragen stellen.«

»Weshalb sollte er ausgerechnet mir diese Fragen beantworten?«

»Weil du ein Mann bist, Arthur, und weil Holzwarth gerade seinen Partner verloren hat. Wenn wir Glück haben, vertraut ein unglücklicher Mann einem Fremden mehr an als einer aufdringlichen Kommissarin.«

Ich stoppe, und hinter mir stoppt der Trolley. »Ich soll Golf spielen, was ich kaum beherrsche, und ich soll dabei jemanden verhören, was ich noch weniger beherrsche?«

»Über deine Golfkenntnisse kann ich nichts sagen, aber du bist ein besserer Menschenkenner, als du zugibst«, antwortet Rosy sonnig.

»Wenn Holzwarth der Mörder sein sollte, würde ich doch gar nichts aus ihm herauskriegen.«

»Doch, deinen Eindruck von ihm als Menschen.« Rosys Züge werden weicher. »Entschuldige, dass ich dich darum bitte, Arthur, aber unter diesen Umständen ist es wirklich schwierig für mich zu ermitteln. Sei ein Schatz, und tu mir den Gefallen.«

»Lord Escroyne?« Holzwarth, ein gut aussehender Mann mit kahl rasiertem Schädel, beschirmt die Augen mit der Hand, da ich aus der tief stehenden Sonne auf ihn zukomme.

»Mr Holzwarth.« Sein Händedruck ist kräftig. »Darf ich Ihnen mein Beileid aussprechen?«

»Vielen Dank. Leider wurde das ja das traurige Gesprächsthema im ganzen Hotel.«

»In der gesamten Grafschaft, fürchte ich.«

»Sie benutzen eine *Richard & Dooley,* wie ich sehe«, lenkt er von dem Unglücksthema ab.

Ich habe keine Ahnung, was eine *Richard & Dooley* ist, bis ich Holzwarths Blick auf meinen Trolley bemerke. »Die Ausrüstung stammt aus dem Hotel.«

»Sie müssen ein sehr guter Spieler sein, wenn Sie mit fremdem Equipment klarkommen. Ohne mein *Hemmerle 3* würde ich mich gar nicht auf den Platz trauen.«

»Lassen wir es darauf ankommen, Mr Holzwarth.«

Drei Holes später ist die Antwort bereits klar: Der Deutsche spielt haushoch besser als ich, dabei ist er ein bescheidener und offener Mann. Wir schlagen unsere Bälle, die Sonne lässt sich mit dem Untergehen Zeit, Holzwarth erzählt ein wenig über sich, ich erwähne meine Leidenschaft für den Garten, den ich während der Flitterwochen schweren Herzens im Stich gelassen habe. Er gratuliert mir zur Eheschließung und kommt beim achten Loch schließlich ganz von selbst auf seine Beziehung und die Tragödie zu sprechen.

»Es heißt ja allgemein, die Partnerschaft mit einem Künstler sei schwierig. Natürlich wusste ich das, als ich mich auf Russell einließ. Aber ich konnte nicht wissen, was es bedeutet, mit einem *gierigen* Menschen liiert zu sein.«

Ich habe mir Rosys Fragenkatalog gemerkt. Keine ihrer Fragen würde auf so eine Ankündigung passen, darum schweige ich, lasse meinen Putter in den Golfsack gleiten und hole das Holz heraus.

»Russell bestand fast nur aus Gier«, fährt Holzwarth fort. »Er wollte stets die leidenschaftlichste Kunst machen, die leidenschaftlichste Liebe erleben, er wollte Männer und Frauen gleichermaßen besitzen, er wollte Freiheit und Geborgenheit, Natur und City-Hektik, er wollte alles und wenn möglich alles auf einmal. Wie sollte ein kleiner schwäbischer Immobilienmakler wie ich mit so einem Giganten mithalten?« Holzwarth deutet einen Übungsschlag in der Luft an. »Entschuldigen Sie, dass ich Sie mit so etwas belästige. Das kann Sie doch gar nicht interessieren.«

»Es ist leider so, dass uns erst ein Verlust manchmal die Augen öffnet über die wahre Bedeutung eines Menschen. Auch ich habe diese Erfahrung gemacht.«

»Ach ja?«

Ich wäre zum Schlag dran, lasse das Holz aber wieder sinken. »Ich habe meinen Vater sehr geliebt. Er war mein einziges wirkliches Vorbild. Aber erst nach seinem frühen Tod wurde ich mir der unbeschreiblichen Leere bewusst, der Lücke, die er zurückließ und die ich nie werde schließen können.«

Der Deutsche hält den Kopf gesenkt. »Ich hätte Russell töten können, so sehr liebte ich ihn«, flüstert er.

»Und nun wurde er tatsächlich getötet«, sage ich nach einer Pause. »Wie geht es Ihnen dabei?«

Langsam kommt der kahle Kopf hoch. Ich sehe Verwirrung in Holzwarths Blick, fast so etwas wie Irrsinn. »Lord Escroyne, es ist schwer auszusprechen, aber ich bin erleichtert, unendlich erleichtert. Wenn Russell nicht gestorben wäre, hätte er mich irgendwann zugrunde gerichtet.«

»Das ist ein großes Wort, Mr Holzwarth.« Die Sonne steht knapp über dem Horizont und verleiht den letzten Golfern auf dem Platz eine glühend rote Corona. »Es wäre vielleicht besser, wenn Sie solche Aussagen vor der Polizei vermeiden würden.«

»Ich nehme an, dass man mich ohnehin auf die Liste der Verdächtigen gesetzt hat.«

»Woraus schließen Sie das?«

»Man lässt mich nicht abreisen. Mein Alibi ist nichts wert, fürchte ich, aber so ist das häufig mit der Wahrheit.« Er zeigt auf den Ball. »Ihr Schlag, Sir.«

Es ist ein langer Fairway-Schlag, ich verwende Holz Nummer 5 dafür, ziehe voll durch und muss den Ball leider weit nach rechts abdriften sehen.

»Das war Pech, Lord Escroyne.«

»Wie meinen Sie das mit der *Wahrheit*?« Ich beobachte, wie er seinen Ball auf den Punkt setzt.

»Als Makler weiß ich nur zu gut, dass die Leute nicht das kaufen, was ich ihnen offen und ehrlich anbiete, sondern das, was sie in eine Immobilie hineinphantasieren. Sie wollen ein Haus in einem bestimmten Licht sehen, verstehen Sie? Die Wahrheit hat also immer mehrere Gesichter.«

Während er exakt ausholt und perfekt trifft, während der Ball im Lichte des Sonnenuntergangs pfeilgerade zum achten Loch fliegt und dort elegant liegen bleibt, frage ich mich, wie viele Gesichter Guenther Holzwarth eigentlich hat und welches davon er mir gerade gezeigt hat.

10

Blut

K eine schlechte Ausbeute, Rosy!«
Gut gelaunt betrete ich die Honeymoon-Suite.
Ich habe einen interessanten Menschen kennengelernt, etwas zu Rosys Ermittlungen beigetragen und außerdem auch noch Sport getrieben. Wie zu erwarten war, habe ich das Spiel haushoch verloren, bin aber angenehm durchwärmt und bringe einen Bärenhunger mit.

»Hallo, Mrs Escroyne? Komm heraus, komm heraus, wo immer du steckst.«

Im Vorraum schlüpfe ich aus den Schuhen, werfe die Golfhandschuhe auf die Ablage und stelle einen bullig maskulinen Geruch an mir fest. Da ich Rosy im Salon nicht entdecke und sie bei den abendlichen Temperaturen nicht auf der Terrasse vermute, laufe ich auf Strümpfen ins Schlafzimmer. Das Bett ist zerwühlt, aber keine Spur von meiner Frau. Wahrscheinlich ist sie im Hotel unterwegs, spekuliere ich, vermutlich auf der Spur des Hotelpagen, der seine Dienste für Sexpartys zur Verfügung stellt. Ich will erst mal in Ruhe duschen, bevor wir uns zum Dinner begeben werden. Im Begriff, die Tür zum Bad zu öffnen, stoße ich auf ein Hindernis.

»Arthur?«, höre ich von drinnen.

»Du bist ja doch da«, rufe ich erfreut. »Mach auf, ich habe Neuigkeiten.«

»Moment –« Ihr Stimme klingt verändert.

»Was tust du da drin?«

»Gib mir nur einen Augenblick.«

Irgendwo habe ich einmal gelesen, was das Geheimnis einer guten Ehe sein soll: *getrennte Badezimmer.* Da wir auf Sutherly Castle nur über ein Bad verfügen, haben Rosy und ich es uns zur Angewohnheit gemacht, den anderen während seiner Verrichtungen darin nicht zu stören. Normalerweise würde ich mich jetzt aufs Bett legen oder schon mal ausziehen oder von der Terrasse einen Blick auf das Szenario während der blauen Stunde werfen, aber Rosys Stimme macht mich misstrauisch. Ich kenne ihre Stimme in allen möglichen Modulationen, herrisch metallisch, bärig verschlafen, champagnerhaft albern oder echsenhaft erschöpft. Aber ich habe Rosys Stimme noch nie so schmerzverzerrt gehört.

»Rosemary, was ist los?« Ich versuche erst gar nicht, meine Unruhe zu verbergen.

»Ich muss noch… Warte!« Das klang, als ob sie etwas unterdrücken würde.

Ich will die Tür zum zweiten Mal öffnen und stoße gegen einen weichen Widerstand, der nichts anderes als Rosys Körper sein kann.

»Du machst sofort auf. Lass mich rein!«

Ein Knirschen, ein Keuchen. Energisch drücke ich gegen die Tür, und sie tut sich auf. Dieses Bild ist mit nichts zu vergleichen, was ich je gesehen habe. Woher soll ich denn wissen, dass Blut mit Wasser vermengt nicht wässerig aussieht, sondern nach sehr viel mehr Blut, nach Strömen von Blut, nach einem regelrechten Blutbad? Ein Szenario wie dieses ist mir nur aus den wenigen Horrorfilmen vertraut, die ich je gesehen habe. Das Bad der Honeymoon-Suite wirkt, als ob ein blutiger Angriff auf Rosy stattgefunden hätte.

Ich stürze zu ihr nieder. »Was ist passiert?« Die Kommissarin liegt zusammengekrümmt auf den Fliesen, alle verfügbaren Badetücher in ihrer Nähe, sie sind blutgetränkt. »Wer hat das getan?«

Sie hebt den Kopf, bleich ist ihr Gesicht, schmerzverzerrt sind ihre Züge. »Ach, Arthur, was du gleich wieder denkst«, presst sie hervor.

»Wer hat dich angegriffen?«

»Niemand. Ich habe Blutungen. Die kamen ganz plötzlich, von einer Minute zur nächsten.«

»Blutungen? Meinst du… du meinst das Baby?«

Sie nickt kaum merklich.

»Nein, nein«, stammle ich und zögere, ob und wo ich Rosy anfassen soll. »Wie konnte das so schnell… Es war doch alles in Ordnung.«

»Reg dich bitte nicht so auf. Blutungen im zweiten Schwangerschaftsdrittel sind normal.«

»Du nennst es normal, wenn du dich in deinem

Blut wälzt? Du musst Unmengen davon verloren haben.«

»Das sieht nur so aus, Arthur.« Sie stützt sich auf den Ellbogen. »Ich habe versucht, das Handtuch auszuwaschen, da wurde mir schwarz vor Augen und ich bin auf dem nassen Boden ausgerutscht, das ist alles.«

»Alles?« Ich will sie vorsichtig aufrichten, aber Rosy verzieht so schmerzvoll das Gesicht, dass ich sie sofort in die Seitenlage zurücksinken lasse. »Hast du schon jemanden gerufen?«

»Ich kam nicht mehr bis zum Telefon.«

»So schlimm ist es?«

»Wenn du jetzt jemanden anrufst, Arthur −«, ich spüre ihre Hand auf meinem Unterarm, »dann mach bitte nicht so ein Theater. Sag einfach, deine schwangere Frau braucht einen Arzt, am besten einen Frauenarzt.«

»Himmel Herrgott, wir sind hier am Arsch der Welt«, rufe ich. »Wie soll ich in dieser gottverlassenen Gegend so schnell einen Gynäkologen auftreiben?«

»Ich habe mich vor unserer Abreise erkundigt: In Wick gibt es ein Krankenhaus, das auch eine Entbindungsstation hat.«

»Was heißt *Entbindung*? Ist es denn schon so weit?«

»Arthur, reiß dich zusammen!«, herrscht sie mich an und bezahlt den Einsatz ihres Befehlstones mit einer sofortigen Schmerzattacke.

»Bleib nur liegen, Rosy. Ich mach das schon, ich mache alles«, besänftige ich sie, stürze ins Schlafzimmer, reiße ein paar Zierkissen an mich, renne zurück und lege sie unter Rosys Kopf. »Bleib ganz ruhig«, sage ich in höchster Aufregung.

»Ich bin ruhig, Liebster. Es wird alles gut gehen.«

»Natürlich, klar wird es das«, antworte ich ohne die geringste Überzeugung und renne in den Salon. Zuerst versetze ich die Hotelrezeption in Alarmbereitschaft und beordere einen Arzt zu uns. Danach lasse ich mich mit Baronet Tackergill verbinden, schildere ihm die Katastrophe und gewinne den Eindruck, dass er, um Rosy zu helfen, Himmel und Hölle in Bewegung setzen wird. Das reicht mir aber noch nicht. Als ob wir uns inmitten der Arktis befinden würden, überlege ich, wie ich die Rettung für Rosy noch beschleunigen könnte, und rufe Gwyneth an.

»Rosy hat Blutungen«, beginne ich ohne Begrüßung. Im Hintergrund ist Straßenlärm zu hören.

»Wo seid ihr?«, fragt sie verhalten.

»Im Hotelzimmer. Rosy liegt im Bad. Sie hat... schrecklich viel Blut verloren.«

»Ich bin in ein paar Minuten da.«

Tatsächlich vernehme ich wenig später etwas, dass für mich momentan wie das schönste Geräusch der Welt klingt, eine Polizeisirene. Genau so muss das funktionieren, denke ich überwältigt, so müssen alle Räder ineinandergreifen, wenn meine Rosy in Not ist. Mit Blaulicht und Sirene müssen sie anrücken.

Gwyn ruft mich zurück. »Hat das Hotel schon einen Krankenwagen gerufen?«, fragt sie über den Lärm der eigenen Sirene hinweg.

»Ich weiß nicht. Ich habe unten Bescheid gegeben, aber ...«

»Lass nur, ich mach das.« So souverän und selbstsicher habe ich Gwyneth noch nie erlebt. Mit bebender Stimme bedanke ich mich und lege auf.

Unsere Terrassentür steht offen, ein leichter Wind bewegt den Vorhang. Draußen ist alles in romantisches Blau getaucht. Im Salon brennt kein Licht. Mit ein paar tiefen Atemzügen versuche ich, meine Fassung wiederzugewinnen, setze ein zuversichtliches Gesicht auf und kehre ins Bad zurück.

»Alles in Ordnung«, beginne ich. »Der Krankenwagen ist unterwegs, mit Blaulicht und ...«

Ich verstumme. Rosy, meine Schwertlilie, die große Liebe meines Lebens, liegt verkrümmt auf dem Boden und hat das Bewusstsein verloren.

11

Praevia

nicht nur einer, gleich zwei Krankenwagen kamen aus Wick angerast. Neben Gwyns Dienstauto hielt ein weiterer Streifenwagen mit Blaulicht. Aus Thurso wurde ein Gynäkologe herbeizitiert, außerdem hat sich ein Gast aus dem Hotel gemeldet, der ebenfalls Frauenarzt ist. Es scheint mir gelungen zu sein, für Rosys Zustand die nötige Aufmerksamkeit zu erregen. Aufmerksamkeit, die der zähen Kommissarin peinlich war. Obwohl sie sich so wenig wie möglich bewegen sollte, hatte Rosy, kaum aus der Ohnmacht erwacht, ihre Waschsachen zusammengepackt, und als die Männer mit der Bahre die Suite betraten, hielt sie bereits ihre Versicherungskarte bereit.

Man hat Rosemary in einem hübschen Einzelzimmer mit scheußlicher Aussicht einquartiert. Das Krankenhaus von Wick liegt am Wasser, trotzdem erinnert das, was die Straßenbeleuchtung der Dunkelheit entreißt, eher einem Gefängnishof als einer Heilanstalt. Rosy hat die erste Behandlung hinter sich, die Blutung wurde gestoppt, der Zustand des

Babys ist nach Aussage von Dr. Morphed, des leitenden Gynäkologen, stabil. Gespannt erwarten wir nun dessen weitere Diagnose.

»Hast du irgendetwas aus Mr Holzwarth rauskriegen können?«, fragt Rosy vom Krankenbett aus, um die angespannte Stille zwischen uns zu verkürzen.

Konsterniert betrachte ich die Schwertlilie im weißen Kittel. »Das ist doch jetzt völlig gleichgültig. Was immer dieser Doktor uns auch gleich erzählen wird: Von jetzt ab ist der schottische Mordfall für dich abgeschlossen. Es gibt keinen Amokschützen mehr und keinerlei Ermittlungen. Du hast dich ab jetzt nur noch um einen Fall zu kümmern, und zwar um dich und unser Baby.«

»Du hast recht«, antwortet sie fügsam. »Andererseits könnte ich vom Bett aus zumindest ...«

»Gar nichts kannst du vom Bett aus«, gehe ich dazwischen. »Du hast viel Blut verloren, Rosy. Gottlob hast du nicht unser Kind verloren. Jetzt gibt es nichts Wichtigeres, absolut nichts Wichtigeres als deine Gesundheit und die von Philipp John oder Mary Anne.«

Normalerweise bin ich ein typischer Engländer, reserviert, bedächtig, zu Untertreibungen neigend. Aber im Moment, als ich daran denke, dass wir dieses Wesen verlieren könnten, das den größten Wunsch unseres gemeinsamen Lebens darstellt, kommen mir unvermittelt die Tränen.

»Arthur, was ist denn? Mein Lieber, es ist ja nicht

wahr, es ist ja nichts passiert.« Rosy drückt meine Hand fester. »Wir kriegen dieses Kind. Das ist irgendwo im Buch des Schicksals bereits aufgeschrieben, dass wir zwei unser Baby haben werden.«

Bei aller Zähigkeit ist Rosy natürlich auch eine Frau und eine werdende Mutter und eine, die gerade in Ohnmacht gefallen war, und so beginnt auch sie zu weinen. Wir weinen gemeinsam und halten einander fest und sind voller Angst und zugleich so glücklich, weil dieses Kind in unseren Herzen ist, fast als ob es schon auf der Welt wäre. Es lebt und wird weiterleben, und unser Schluchzen erfüllt das Krankenzimmer.

»Was ist denn hier los?«, sagt die freundliche Stimme von Dr. Morphed.

Der Arzt dürfte indischer Abstammung sein, möglicherweise malaysisch. Sein Haar ist von glänzendem Schwarz und seine Hautfarbe für den Norden Schottlands außergewöhnlich.

Rosy gewinnt als Erste die Fassung wieder. »Alles in Ordnung, Doktor. Na, wie sieht es aus, was haben Sie für Neuigkeiten?«

»Liebe Mrs Escroyne, das war knapp.« Ungeniert setzt sich Morphed auf Rosys Bettkante. »Wir haben es in Ihrem Fall mit einer *Plazenta praevia* zu tun, die sich aber glücklicherweise nicht von der Gebärmutter abgelöst hat. Ihre Blutung war ein Warnsignal, das wir nun eingehend untersuchen werden.«

»Plazenta praevia?«

Während Rosy in den ersten Schwangerschaftsmonaten eine Menge jener Literatur verschlungen hat, die der Buchmarkt für werdende Mütter bereithält, habe ich mir in dieser Beziehung meine Jungfräulichkeit bewahrt. Ich habe großen Respekt, um nicht zu sagen eine heillose Furcht vor den Vorgängen, die zur Entstehung des Lebens führen, insbesondere wenn sie mit Blut und Schmerzen einhergehen. Mir wäre es auch jetzt am liebsten, wenn mir die Details erspart blieben, aber es ist undenkbar, dass ich in diesem Moment, als Dr. Morphed uns aufklärt, das Zimmer verlasse.

»Die Plazenta ist, wie Sie natürlich wissen …«, beginnt er und spricht unvermittelt von *Mutterkuchen* und davon, wie die Plazenta in die Schleimhaut des Uterus hineinwächst, wie sie das Immunsystem der Mutter beeinflusst, damit das Kind nicht als Fremdgewebe im Mutterleib abgestoßen wird.

Ich betrachte den Resopalschrank des Zimmers, auch den Resopalnachttisch, ich betrachte die Badezimmertür und lasse meinen Blick schließlich über den gelb beleuchteten Gefängnishof schweifen, nur um mich irgendwie von den blutigen Bildern abzulenken, die Dr. Morphed vor uns entstehen lässt.

»Zunächst müssen wir feststellen, ob Ihre Plazenta sich lediglich im unteren Teil der Gebärmutter befindet, was die beste Option wäre.«

»Eine Option welcher Art?«, höre ich mich nervös fragen und spüre Schweißperlen auf der Oberlippe.

»In einem solchen Fall wäre die vaginale Geburt unbedenklich möglich.«

»Wieso sollte sie auch nicht möglich sein?«, erwidere ich ein wenig unbeherrscht.

»Was sind die anderen Optionen?«, fragt Rosy.

»Selbst wenn das Plazentagewebe den Muttermund erreicht hat, ist eine normale Geburt unter gewissen Umständen denkbar«, setzt er fort, »nicht aber, wenn der Muttermund bereits überlagert wird.«

»Das bedeutet dann also – Kaiserschnitt?« In ihrem weißen Hemdchen, mit dem wilden Haar sieht Rosy wie ein kleines Mädchen aus.

»Wenn es so weit ist, wäre die Schnittentbindung tatsächlich die einzige Lösung«, bestätigt der Arzt.

»Aber das ist noch ungewiss. Zunächst werde ich durch eine Ultraschalluntersuchung …«

»Dazu will ich erst mal eine zweite Meinung hören!«

Das bin nicht ich, der das sagt, nicht ich habe diesen Standardsatz für Notsituationen ausgestoßen, sondern der geschockte, verunsicherte Mann an Rosemarys Seite, der erschrockene Vater eines Ungeborenen, das auf künstlichem Weg auf die Welt geholt werden soll. Mein Sohn darf das nicht durchmachen, denke ich, herausgeschnitten werden aus dem Mutterleib, womöglich vor der Zeit, ein Brutkastenkind, wie man es im Fernsehen sieht, angeschlossen an Drähte, einsam in seinem Glaskäfig, nicht Philipp John, denke ich, nicht der 37. Earl of Sutherly, niemals.

»Ich kann natürlich verstehen, wenn Sie die Therapie lieber Ihrem behandelnden Arzt anvertrauen wollen«, nickt Dr. Morphed, »aber momentan ist Ihre Frau für eine Reise nach Gloucester nicht transportfähig.« Er legt die Hand auf Rosys Unterarm. »Wir stabilisieren Sie erst mal, Mrs Escroyne, dann sehen wir weiter. Wir machen keinen Schritt, ohne uns über Ihren Zustand Gewissheit verschafft zu haben.«

Zustand, denke ich. Meine Rosy befindet sich in einem *Zustand*. Das Kraftpaket, die Essmaschine, die Füchsin unter den Kriminalisten liegt mit einem *Zustand* in diesem Krankenhaus unweit des Nordpols. Schlimmer hätte es kaum kommen können. Andererseits, überlege ich, während Rosy mit Dr. Morphed weitere Einzelheiten bespricht, sind wir im guten alten Vereinigten Königreich. Hier gibt es den gesegneten National Health Service, hier hat man den Dämon Krankheit und alles, was dazugehört, im Griff. Ich will mir nicht vorstellen müssen, auf welche Weise uns die gleiche Situation in einem Kaff in Südfrankreich überfordert hätte. Ich sehe Ärzte, die während der Behandlung Gauloise-Kippen im Mundwinkel rauchen. Ich höre eine Sprache, die zwar melodisch, aber unverständlich ist. Ich spüre die unerträgliche Mittelmeersonne im Krankenzimmer, über Rosys Bett dreht sich träge ein Ventilator, draußen kacken die Möwen aufs Fensterbrett. Ich erschauere: Nein, so etwas kann uns hier nicht passieren.

»Arthur, was hast du?«, fragt Rosemary. Unvermittelt herzlich schüttle ich dem Gynäkologen die Hand. »Ich bin Ihnen sehr dankbar, Dr. Morphed, und meine Frau darf unter keinen Umständen gestört werden, nicht wahr?«, setze ich vorsichtshalber hinzu. »Keine Besuche, keine Anrufe, richtig?«

»So streng würde ich das nicht sehen«, entgegnet er freundlich. »Mrs Escroyne ist nicht im üblichen Sinne krank, sie tritt einfach in die nächste Phase ihrer Schwangerschaft ein. Die Plazenta praevia ist als Phänomen nicht allzu selten.« Er kommt vom Bett hoch. »Machen Sie sich bitte keine Sorgen. Mit den entsprechenden Maßnahmen werden wir das alles im Griff behalten.«

Ich gehe ihm ein paar Schritte nach. »Kann ich hier bei meiner Frau übernachten?«

»Ach, Arthur, nun übertreib aber nicht.« Rosy wirft den Kopf auf das Kissen zurück. »Du bleibst selbstverständlich im Hotel und kommst mich besuchen.«

»Das klären Sie am besten untereinander.« Mit einem Blick auf die Uhr verlässt der Doktor das Krankenzimmer.

»Was soll ich denn in der Luxusbleibe, während du in einem Krankenhaus schmachtest, dessen Aussicht an den Kalten Krieg erinnert?«

»Wie man nur so schamlos übertreiben kann.«

»Vertraust du diesem Arzt etwa?«

»Wieso sollte ich nicht?« Sie lächelt schwach.

»Dr. *Morphed* – der Name ist keine besonders gute Visitenkarte.«

»Hör mal zu, mein Held, mein Retter, das war ein harter Tag für uns beide. Ich werde jetzt gleich schlafen, und du solltest das Gleiche tun, und zwar in unserem King-Size-Bett im *Tower Castle*. Wir sind beide fertig mit den Nerven. Morgen werden wir die Situation mit frischem Kopf von Neuem betrachten.«

»Aber wie soll ich denn verhindern, dass du dich weiterhin mit dem verdammten Mordfall beschäftigst, solange ich nicht auf dich aufpasse?«

»Ich bin nicht lebensmüde, Arthur«, antwortet sie schlicht. »Ich habe eine Warnung bekommen und werde sie ernst nehmen.«

»Das hoffe ich, Rosy. Und unser Kind hofft das auch.«

Wir umarmen einander. Lange bleiben wir so, ohne Regung, ohne Worte und wünschen uns, dass die Angst kleiner werde und die Zuversicht wieder ihr Haupt erhebt.

—

»Lady Escroyne?«

»Wer ist da?«

»Richard Tackergill. Darf ich eintreten?«

»Mr Tackergill, aber ja, bitte.«

Rosys Wortbruch beginnt schon am nächsten Morgen. Noch bevor ich im Hotel mein Frühstück beendet habe, erhält sie Besuch. Mit einem Blumenstrauß betritt Baronet Tackergill ihr Zimmer.

»Es tut mir unendlich leid, dass Ihr Aufenthalt in meinem Hause eine so unliebsame Unterbrechung erfährt«, begrüßt er sie.

»Ich danke Ihnen.« Rosy zeigt zum Schrank, wo er eine Vase findet. »Aber um mir das zu sagen, sind Sie doch eigentlich nicht hier, nicht wahr?«

»Sie haben recht. Ich war unsicher, ob ich unter den veränderten Umständen überhaupt herkommen sollte. Sie haben im Augenblick bestimmt andere Sorgen, Lady Escroyne.«

»Tun Sie mir einen Gefallen: Nennen Sie mich Mrs Escroyne oder besser noch *Rosy*. So plaudert es sich leichter.«

»Den Gefallen tue ich Ihnen gern, wenn Sie im Gegenzug den *Baronet* weglassen.«

»Einverstanden. Weshalb sind Sie also hier?«

Tackergill verschwindet kurz im Bad, man hört Wasser rauschen. Mit nachdenklichem Gesichtsausdruck tritt er wieder ans Krankenbett. »Weil Sie mich um Informationen über Terrace und Hughes gebeten hatten.«

Obwohl Rosy schwach ist und hin und wieder von Schmerzen geplagt wird, obwohl sie vor Sorge um ihr Baby eine unruhige Nacht hatte, bessert sich ihre Laune schlagartig, als sie Fortschritte in dem Mordfall wittert. »Haben Sie solche Informationen für mich?«

»Ich habe in Erfahrung gebracht, mit wem sich die beiden während ihres Aufenthalts im *Tower Castle* getroffen haben.«

»Und zwar?«

»Mit Barry Gordon.«

Einen Augenblick stutzt die Kommissarin. »Etwa Barry Gordon, der Separatistenführer?«

»Genau der.«

»Fand das Treffen bei Ihnen im Hotel statt?«

»Ja – das heißt, im *Shortbread*.«

»Woher wissen Sie das?«

»Von unserem Pagen. Er macht dort manchmal nachmittags Dienst als Kellner.«

»Dieser junge Mann, der sonst…« Rosy behält ihr Wissen um die erotischen Spiele des Pagen doch lieber für sich.

»Der sonst die Koffer trägt«, ergänzt Tackergill. »Das ist ein politisch ziemlich interessierter junger Mann, deshalb hat er Barry Gordon sofort erkannt. Dessen Gesicht ging ja in letzter Zeit öfter durch die Medien.« Der Baronet stellt die Vase auf den Nachttisch.

Auf Knopfdruck wird Rosy mithilfe der Rückenstütze in die Senkrechte gehoben. »Barry Gordon war früher ein Mitglied des militanten Flügels der *Sinn Féin*«, kramt sie aus ihrer Erinnerung hervor, »mit anderen Worten der IRA. Er wurde zweimal wegen Beteiligung an terroristischen Anschlägen angeklagt.«

»Aber nie verurteilt«, nickt Tackergill. »Mittlerweile hat er sich vom Wolf zum Lamm geläutert und jeden Kontakt zur IRA abgebrochen.«

Rosy streicht sich die Locken aus der Stirn. »Was

hatte ein ehemaliger Nordirland-Kämpfer mit zwei Lobbyisten aus London zu verhandeln? Die Unabhängigkeit Schottlands wäre im Unterschied zu Irland auf friedlichem Wege zustande gekommen.«

»Sind Sie da so sicher?«

»Sie nicht?«

»Jeder, der den jahrhundertelangen Freiheitskrieg Schottlands gegen die Engländer kennt, weiß, dass hier noch viel Konfliktpotenzial schlummert.«

»Wie könnte sich Barry Gordon das zunutze machen? – Aber bitte, warum setzen Sie sich nicht?«, fügt Rosy hinzu.

Der Baronet zieht sich den Besucherstuhl heran und nimmt Platz. »Mr Gordon hat schottische Vorfahren, das ist in dem Zusammenhang wichtig. Was bei dem Treffen im Einzelnen besprochen wurde, weiß ich natürlich nicht. Aber es ist eine Tatsache, dass Terrace und Hughes sich mit einem früheren Mitglied der IRA getroffen haben und dass sie am Abend darauf im selben Lokal erschossen beziehungsweise lebensgefährlich verletzt wurden.« Tackergill hält inne. »Lassen sich daraus denn keine Rückschlüsse ziehen?«

»Möglicherweise – sicher sogar.« Rosy seufzt. »Allerdings wird Detective Inspector Trout diese Spur weiterverfolgen müssen. Ich bin hier fürs Erste auf Eis gelegt.«

»Entschuldigen Sie, ich habe mich noch gar nicht nach Ihrem Befinden erkundigt.«

Rosy lächelt. »Mutter und Kind sind wohlauf.«

Tackergills Gesicht bekommt einen fröhlichen Glanz. »Ihr Mann hat mir erzählt, dass Sie guter Hoffnung sind. Bei unserem Gespräch in der Lobby haben Sie es mit keiner Silbe erwähnt.«

»So etwas trägt man ja auch nicht ins Meldeformular Ihres Hotels ein.« Mitfühlend sieht Rosy ihn an. »Und wie geht es Ihnen und Ihrer kleinen Tochter?«

Der Baronet schüttelt den Kopf. »Ich weiß einfach noch nicht, wie ich es Amy beibringen soll. Bisher habe ich ihr nur gesagt, dass ihre Mutter für lange Zeit verreist ist. Seitdem redet sie ständig davon, dass sie zu ihrer Mummy fahren möchte.«

»Kinderpsychologen sind darauf spezialisiert, Kindern Schicksalsschläge behutsam beizubringen. Gibt es vielleicht so jemanden in der Gegend, der Sie beraten könnte?«

»Ich kenne eine Frau in Edinburgh. Aber ich kann jetzt unmöglich hier weg. Der Hotelbetrieb… die Morduntersuchung… Irgendjemand muss da sein, der…«

Ohne dass Rosy es vorhersehen könnte, hebt der Baronet plötzlich seine Hände vors Gesicht und atmet mehrmals tief durch. Gleich darauf versucht er, sich wieder zu fassen. »Bitte verzeihen Sie. Sie haben selbst genug Probleme.«

Impulsiv legt Rosy ihm die Hand auf die Schulter. »Es gibt keine natürlichere Reaktion als die Ihre«, sagt sie beruhigend. »Das Wichtigste ist jetzt Ihr Kind, Mr Tackergill. Das Hotel und alles, was daran hängt, nimmt keinen Schaden, wenn Sie sich vordringlich um Amy und um Ihren privaten Schmerz kümmern. Nehmen Sie sich die Zeit dafür. Sie sind keine Maschine. Sie können nicht einfach so weitermachen, als ob dieses entsetzliche Unglück nicht passiert wäre.«

»Einen Tag vor dem Massaker haben wir noch so einen wunderbaren Abend zusammen verbracht, Frances, Amy und ich«, erwidert er leise. »Meine Frau hat Lamm gebraten und ihr wunderbares Kartoffelgratin dazu gemacht. Wir saßen im Freien, tranken Rotwein, und Amy spielte im Gras. Das Leben zeigte sich von seiner schönsten Seite. Und nur vierundzwanzig Stunden später...« Sichtlich bewegt steht er auf. »Bitte entschuldigen Sie noch einmal. Ich sollte jetzt gehen.«

Voll Wärme sieht Rosy ihn an. »Im Bad sind Papierhandtücher, wenn Sie wollen.«

»Danke.« Tackergill geht ein zweites Mal ins Badezimmer. »Ich könnte Amy zu ihren Großeltern bringen«, sagt er beim Zurückkommen.

»Das wäre nur vorübergehend eine Lösung. Früher oder später werden Sie Amy den größten Schmerz ihres jungen Lebens nicht ersparen können.«

Mit einem kräftigen Händedruck verabschiedet er sich. »Sie sollten von jetzt an ganz besonders auf sich aufpassen, Mrs Escroyne, und die Schnüffelarbeit Ihrer Kollegin überlassen.«

»Da haben Sie recht.«

»Grüßen Sie Ihren Mann von mir.«

»Grüßen Sie ihn von mir«, lächelt Rosy. »Sie begegnen ihm möglicherweise. Er ist unterwegs hierher.«

Nachdem der Baronet gegangen ist, wandert Rosys Blick zu den Blumen, die er ihr brachte, ein Strauß aus Sonnenhut und Klatschmohn. Ihr fällt ein, dass der Baronet die Blumen wahrscheinlich in seinem eigenen Garten geschnitten hat. Rosy schließt die Augen. Einen reuigen Moment lang denkt sie an mich und das Versprechen, das sie mir gab. Sie schlägt die Augen wieder auf, holt ihr Handy aus der Nachttischschublade und ruft Gwyneth an, um ihr die Neuigkeit über den IRA-Mann Barry Gordon zu berichten.

12

Cod und Leben

Isst du deinen Pudding nicht?« Gwyneth zeigt auf das Frühstückstablett. Die junge Detektivin hat ihren Trenchcoat anbehalten, Wasserperlen glänzen darauf, draußen geht ein feiner schottischer Sommerregen nieder.

»Pudding zum Frühstück? Nein, danke.« Rosy sitzt an der Bettkante und lässt die Beine baumeln. »Wir haben einen toten Pianisten, der eine Sexparty feierte, was seinen eifersüchtigen Partner auf den Plan rief, der für die Tatzeit kein Alibi hat. Wir haben zwei Lobbyisten, die für die SNP tätig waren und sich deshalb mit einem schottischen IRA-Aktivisten getroffen haben. Wir haben eine Hotelbesitzerin, die scheinbar grundlos in die Schusslinie geriet. Und zu allem Überdruss haben wir eine alte Dame, die am allerwenigsten in das Mordgeflecht passt.«

Rosy stützt die Fäuste auf die Bettdecke. »An dem Szenario stört mich vor allem, dass jedes der möglichen Motive jeweils nur zu einem der Opfer passt. Für die anderen macht es überhaupt keinen Sinn. Wenn der Täter die Lobbyisten erschießen wollte, wozu starb der Pianist? Wenn es Rache für die Untreue von Suckling war, weshalb mussten Mrs MacDannagh und Mrs Tackergill daran glauben?«

Gwyneth hat begonnen, Rosys Nachtisch zu löffeln. »Der Hotelpage hat Tackergills Aussage bestätigt: Demnach war Barry Gordon tatsächlich einen Tag vor dem Mord im *Shortbread*. Wir konnten Mr Gordon bis jetzt allerdings weder erreichen noch seinen Aufenthaltsort ermitteln.«

»Schön und gut. Trotzdem gibt es kein erkennbares Motiv, das alle vier Morde erklären würde.«

»Weißt du, was meine alte Lehrerin in solchen Fällen sagte?« Gwyn schmunzelt. »Wenn du den Wald vor Bäumen nicht mehr siehst, nimm dir jeden einzelnen Baum vor. Irgendwann begreifst du dann den Wald.«

»Und was wollte deine *alte* Lehrerin damit sagen?«

»Dass man nicht ungeduldig werden darf, wenn sich das Puzzle nicht gleich zusammenfügt. Ich werde also weiterhin Details zusammentragen, während du dich ausruhst und gesund wirst. Was meint der Arzt?«

»Dass ich noch drei Tage hierbleiben muss.« Rosy tippt mit den Zehenspitzen auf den Boden. »Hast du den Hotelpagen zur Sexparty befragt?«

»Er hat seine Beteiligung bestritten, weil er wohl fürchtet, seinen Job zu verlieren.«

»Weiß Mr Tackergill eigentlich, was sich in seiner vornehmen Burg so abspielt?«

Gwyn stellt die leere Puddingschale zurück. »Wir stützen uns hier lediglich auf die Aussage von Mrs Freeman. Von ihrem Klofenster bis zu Sucklings Terrasse sind es gut und gern dreißig Yards. Sie könnte alles Mögliche gesehen haben. Ich finde, wir bewegen uns da auf ziemlich dünnem Eis.«

»Du hast da Pudding…« Rosy deutet auf Gwyns Mundwinkel. Als sie weitersprechen will, verzerrt plötzlich ein Schmerz Rosys Gesicht.

»Was ist los?«

»Ich sollte mich wieder hinlegen.«

»Ich rufe den Arzt.«

»Nicht nötig.« Rosy rutscht zu ihrem Kissen hoch und lässt sich nach hinten sinken. »Es war bestimmt nur das lange Sitzen.« Zur Beruhigung macht sie ein paar tiefe Atemzüge.

»Es tut mir so leid, dass ich dich wegen meinem dummen Mordfall aus den Flitterwochen gerissen habe.« Gwyneths Gesicht spiegelt das reine Schuldbewusstsein wider. »Dass ich dich daran gehindert habe, deine Schwangerschaft zu genießen. Dass ich schuld daran bin…«

»Du bist an gar nichts schuld«, geht Rosy dazwischen. »Aber wie es scheint, war ich keine große Hilfe für dich.«

»Du bist eine enorme Hilfe«, erwidert Gwyn vehement. »Ich wäre niemals so schnell auf die Hintergründe der Aktivitäten von Terrace und Hughes gekommen.«

Auf dem Kissen schüttelt Rosy den Kopf. »Vielleicht war in Wirklichkeit alles genau so, wie es aussieht: Zwei gestresste Gentlemen erholten sich in Schottland vom Londoner Parlamentarismus, und mit der schottischen Autonomie hatte das nicht das Geringste zu tun. Trotzdem solltet ihr Barry Gordon ausfindig machen, die unbekannten Frauen der Sexparty ermitteln und Holzwarth noch einmal in die Zange nehmen.« Rosy schnaubt. »Und ich kann nicht das Geringste dazu tun, um euch zu helfen!«

Sie bezahlt ihren emotionalen Rundumschlag mit einer sofortigen Schmerzattacke, presst die Hände auf den Bauch und zieht die Luft zwischen die Zähne. »Ach herrje ... Ich sollte mich wirklich entspannen.«

»Und ich hätte erst gar nicht herkommen sollen.« Gwyneth steht auf. »Der Tod hier in Caithness hat nicht das Geringste mit dem kleinen Leben zu tun, auf das du achtgeben musst.«

Rosy lächelt unter Schmerzen. »Schon lustig, dass ich mir das von meiner Schülerin sagen lassen muss. Wünschst du dir eigentlich Kinder, Gwyn?«

Die Frage kommt für die junge Kommissarin unerwartet. »Kinder? Natürlich. Wer nicht?«

»Das klingt aber ziemlich flau.«

»Ich bin ... Kinder stehen einfach noch nicht auf meiner Agenda.«

»Gibt es denn zur Zeit irgendjemanden, mit dem du ...«

»Einen Mann? Ja und nein. Da ist Larry, wir treffen uns, wir schlafen auch miteinander. Aber ich will nicht fest mit ihm zusammen sein.«

»Kann man so etwas *wollen*, muss es nicht einfach passieren?«

»Larry gehört eine Farm in der Nähe von Thurso. Er ist dort geboren und aufgewachsen.«

»Ich verstehe, er ist an dieses Land gebunden. Du aber…«

»Ich will nicht für den Rest meiner Tage am Ende der Welt festsitzen.« Gwyn schließt ihren Trenchcoat. »Ich geh dann mal lieber, bevor Arthur mich noch bei dir findet.«

»Arthur hätte bestimmt nichts dagegen, dass du…«

»Wogegen hätte Arthur nichts?« Lautlos habe ich die Tür geöffnet und stehe da wie der Vorwurf in Person. »Rosemary! Gwyneth! Muss ausgerechnet ein Mann euch Frauen sagen, wie unvernünftig das ist, was ihr tut?«

Rosy will die Situation ins Harmlose ziehen. »Gwyn hat mir nur geholfen, meinen Pudding aufzuessen.«

»Ich könnte wetten, dass ihr gerade über den Fall geredet habt.«

»Die Wette würdest du gewinnen.« Gwyn haucht mir einen Kuss auf die Wange. »Ich bin schon weg. Gute Besserung, Rosemary.«

»Danke.«

Nachdem sie gegangen ist, dehnt sich die Stille unangenehm aus.

»Es geht mir um einiges besser«, sagt Rosy schließlich. »Dr. Morphed meint, noch drei Tage, dann kann ich raus.«

»Mit anderen Worten, wir werden Schottland in drei Tagen verlassen.«

»Wieso?«

»Weil du dich sofort in die Behandlung von Dr. Rogers begeben wirst. Er hat deine Schwangerschaft vom ersten Tag an begleitet.«

»Nach Hause?« Rosy klingt ehrlich überrascht. »Und was wird aus unseren Flitterwochen?«

»Jetzt hör mal zu, Rosy: Ich weiß genau, was du im Schilde führst: Du willst deine Zeit im Krankenhaus insgeheim nutzen, um diesen Fall noch zu lösen. Aber daraus wird nichts, weil ich es verhindern werde.« Es liegt mir noch so einiges über Unvernunft und die Verantwortung einer jungen Mutter auf den Lippen, aber Rosy kommt mir beschwichtigend zuvor.

»Ist ja gut, Arthur. Ich will auch nichts anderes, als dass unser Baby gesund zur Welt kommt.«

»Wo liegt dann das Problem?«, antworte ich nicht ohne Schärfe. »Sobald du transportfähig bist, buche ich einen Flug nach Hause, und wenige Stunden später kommst du in die Obhut unseres guten, verlässlichen Dr. Rogers.« Als ob die Entscheidung damit gefällt wäre, lasse ich mich in den Besucherstuhl fallen.

»Wie war dein Frühstück?« Harmlos wechselt Rosy das Thema. »Gab es wieder diese sagenhaften Leckereien im *Tower Castle*?«

»Ich hatte Waffeln mit Sirup und frische Waldbeeren.«

»Hmmmm.« Genießerisch verdreht sie die Augen. »Bei mir gab es außer Pudding bloß grauen Haferschleim, in dem ich eine einzige Rosine gefunden habe.«

»Ich habe übrigens... diesen Hotelpagen beobachtet«, beginne ich zögernd. »Der Junge scheint seine Liebesdienste häufiger unter die Hotelgäste zu bringen.«

»Was meinst du damit, etwa professionell?« Rosy wirkt sofort hellwach.

»Ich habe ein Gespräch belauscht...« Ärgerlich hebe ich die Hände. »Nein, das stimmt ja gar nicht. Ich lausche nicht, ich schnüffle nicht, das ist gar nicht meine Art.«

»Das weiß ich, Arthur. Sag schon, was hast du aufgeschnappt?«

Traurig sehe ich sie an. »Irgendwas läuft mit unseren Flitterwochen schief, Rosemary. Wir wollten unser Glück genießen, uns auf das Baby freuen und nur schöne Dinge tun. Stattdessen liegst du im Krankenhaus, und ich bespitzle einen Pagen in der Lobby, der mit einem schwabbeligen Hotelgast tuschelt. Das ist unwürdig, Rosy.«

»Mir tut es auch leid um unseren Honeymoon, aber jetzt sag schon, was du gehört hast.«

Ich mag Rosys Coolness, zugleich verabscheue ich sie. »Der Dicke sagte, er habe ein Foto von Jerome im Internet gefunden.«

»Wer ist Jerome?«

»Der Page. Ob das sein richtiger Name ist oder

sein *Nom de guerre*, weiß ich nicht. Jerome hat darauf dreckig gegrinst. Der Dicke sagte weiter, die Fotos seien ziemlich aussagekräftig, und wies darauf hin, dass seine Frau nachmittags auf den Klippen unterwegs sei. Jerome antwortete, um diese Zeit hätte er noch nichts vor.«

Rosy schlägt mit der Hand auf die Bettdecke. »Sodom und Gomorrha im *Tower Castle*!«

»Das Beste kommt noch. Der Gast fragte, wie das mit der Bezahlung laufe, und Jerome antwortete, das Geld sei an die Agentur zu überweisen. *Agentur* – verstehst du?«

»Ausgezeichnet, Arthur.« Rosy zieht sich an dem Galgen über ihrem Bett hoch. »Und du hast natürlich sofort weitergedacht und kombiniert, dass man die unbekannte Sexdienerin von Mr Sucklings Party ebenfalls bei dieser Agentur finden könnte, und hast die Agentur ausfindig gemacht.«

Ich verschränke die Arme. »Was glaubst du eigentlich von mir, dass ich mich an den Computer setze und *Sex-Services im nördlichen Schottland* google?«

»Warum nicht?«

»Weil ich meine kranke Frau im Hospital besuchen wollte, darum nicht.«

Rosy tätschelt mein Knie, doch in Gedanken ist sie schon weiter. »In dieser abgelegenen Gegend dürfte das erotische Angebot überschaubar sein. Die Escort-Agentur hat ihren Sitz entweder in Wick oder in Thurso, nehme ich an.« Mit Schwertlilienblick sieht sie mich an. »Leihst du mir mal dein Handy?«

»Wozu?«

»Weil bei meinem der Akku leer ist, und ich habe das Ladekabel nicht dabei.«

»Gut so.« Ich nicke vehement. »Jetzt hast du keine andere Wahl, als dich auf deine Genesung zu konzentrieren.«

Ihr Griff an meinem Knie wird härter. »Nur ein kurzes Telefonat.«

»Mit wem?«

»Mit Gwyn.«

»Die war doch gerade hier.«

»Da wusste ich aber noch nicht, was mein Göttergatte ermittelt hat.«

Widerwillig gebe ich Rosy mein Cellphone, sie wählt die Nummer und wird enttäuscht. »Deines hat hier keinen Empfang.«

Das war zu erwarten. Mein Mobiltelefon ist so alt, dass man es eigentlich mit einer Handkurbel betreiben müsste. Dementsprechend schwerfällig ist es im Aufspüren von Handynetzen.

»Tu mir einen Gefallen, Arthur: Wenn du hier rauskommst, ruf Gwyn an«, bettelt Rosy. »Gib ihr genau das wieder, was du mir gerade erzählt hast.«

»Einverstanden, aber nur, wenn wir endlich das Thema wechseln. Ich möchte nämlich lieber von etwas Erbaulichem reden, von unserem Kind zum Beispiel, und nicht länger über diesen vertrackten Mordfall.«

»Vertrackt ist er wirklich«, nickt Rosy. »Das ist genau das Wort dafür: ein vertrackter Mord.«

13

Ein Bach in den Highlands

Ich sitze in einem Dienstwagen der schottischen Polizei und fahre mit fast hundert Sachen über eine Landstraße, die für dieses Tempo nicht ausgelegt ist. Ich tue das nicht freiwillig, das Schicksal zwingt mich dazu. Das Schicksal hat beschlossen, dass mich der Mord im *Shortbread* nicht loslassen soll.

Ich verließ Rosy nach etwa einer Stunde, da sie müde geworden war und einschlief. Vor dem Krankenhaus versuchte ich, Gwyneth zu erreichen, es war besetzt. Im Bentley probierte ich es ein zweites Mal und hinterließ eine Nachricht mit der Bitte um Rückruf. Während ich Richtung *Tower Castle* fuhr, überlegte ich, was ich mit einem Tag ohne Rosy anfangen sollte. Als das beeindruckende Schloss vor mir auftauchte, kam mir in den Sinn, dass ich eigentlich Zeit genug hätte, Gwyn die Nachricht persönlich zu überbringen. Obwohl der Türsteher des Hotels bereits auf mich zukam, um den Bentley einzuparken, und obwohl es von der Hotelterrasse nach frisch gebackenen Scones roch, machte ich auf dem gekiesten Vorplatz kehrt, fuhr den ganzen Weg nach Wick zurück und ließ den Bentley via GPS das Polizeikommissariat für mich ausfindig machen. Kaum dort eingetroffen, sah ich Gwyn mit zwei Constables aus dem Gebäude kommen und zu ihrem Dienstwagen laufen.

»Hallo, Gwyneth!«

»Ach, Arthur«, rief sie, sichtlich in Eile.

»Ich habe versucht, dich zu erreichen.«

»Bei uns geht gerade alles drunter und drüber.«

»Gibt es etwas Neues?«

»Wir haben Barry Gordon gefunden«, antwortete sie, die Hand schon an der Autotür.

»Wen?«

»Barry Gordon.« Ein Anflug von Ungeduld. »Was wolltest du denn?«

»Dir eine Nachricht von Rosy bringen. Aber wenn du los musst…«

»Ich fürchte, ich muss.« Und dann machte die Kommissarin den verhängnisvollen Vorschlag, dem ich es verdanke, dass ich die warmen Scones im *Tower Castle* wohl verpassen werde.

»Steig ein«, sagte sie. »Du kannst mir alles im Auto erzählen.«

»Und wie komme ich hinterher wieder…?«

»Meine Leute bringen dich später nach Wick zurück.« Sie sprang auf den Rücksitz, während ein Constable den Wagen startete.

Mir kam nicht die leiseste Vorahnung zu Hilfe, dass ich mich von diesem Polizeiauto besser fernhalten sollte. Ich schloss den Bentley mittels *Voice Control* ab und stieg bei Gwyn ein. In flotter Fahrt ging es aus der Stadt hinaus.

Mittlerweile hat sich die flotte in eine rasende Fahrt verwandelt. Kaum waren wir aufgebrochen, kam eine Nachricht durch: *Der haut ab!*, hörte ich jemanden über Polizeifunk sagen. *Gordon macht die Fliege!*

Von Gwyn erfuhr ich, dass man Barry Gordon in einem Gästehaus in den Highlands aufgespürt hatte. Ein Streifenwagen war dorthin aufgebrochen, um den Mann zu einer Befragung zu bitten. Gordon hatte es jedoch nicht so weit kommen lassen und sich dem Verhör durch Flucht entzogen.

Seitdem werde ich, eingepfercht auf dem Rücksitz, hin- und hergeworfen, denn der Constable legt den Wagen ziemlich sportlich in die Kurven. Währenddessen lässt Gwyn sich die Details von Gordons Flucht durchgeben.

Ich wage einen Blick aus dem Fenster. Wie herrlich wäre es, diese Fahrt genießen zu können. Wie endlos breiten sich die Highlands rund um uns aus, schwere Sommerfarben laden zum Verweilen ein. Meinen Unkenrufen während unserer Ankunft zum Trotz muss ich es nun eingestehen: Schottland ist schön. Wir aber brausen achtlos zwischen all dieser Schönheit hindurch, um einen Flüchtigen zu stellen. Danke, Rosy, denke ich bitter, vielen Dank für diese herrlichen Flitterwochen!

Ich packe den Haltegriff über der Tür. »Wenn ich

in wenigen Minuten im Kugelhagel sterben sollte, bist du dann vielleicht so freundlich und erklärst mir, warum?«

Gwyn lacht ihr attraktives Lachen. »Du bist so lustig, Arthur. Du bringst mich immer zum Lachen.« Sie geht mit ihrem Kompliment noch weiter. »Wenn ich irgendwann mal einen Mann heiraten sollte, dann muss er genauso sein wie du. Lustig und voller Ruhe – und um einiges älter als ich.«

Wie nett hat Gwyn ihr Bild von mir aufgebaut, und wie lieblos zerschmettert sie es mit dem Wort *älter* gleich wieder.

»Was ist los mit diesem Gordon?«, frage ich. »Warum müssen wir in einem solchen Höllentempo hinter dem Mann her?«

»Ich habe die Kollegen in Glasgow bezüglich Gordon um Informationen gebeten. Es gibt offenar eine Splittergruppe der *Scottish National Party,* die den Ausgang der schottischen Volksabstimmung für manipuliert hält. Diese Leute glauben, Edinburgh habe mit London heimlich einen Deal gemacht, um die altbewährten Wirtschaftsbeziehungen nicht zu gefährden.«

Während ich Gwyns Analyse lausche, kann ich nicht umhin, den Bachlauf zu bewundern, dem wir einige Meilen folgen. Von Sonnenstrahlen verzaubert, ragen glänzende Felsen aus dem Wasser, das Ufer ist bemoost, Farne geben dem Bild eine schöne Unschärfe. Die Straße schlängelt sich an zwei mächtigen Bergkegeln vorbei, die bereits da gestanden haben dürften, als es hier draußen außer Trollen und Irrlichtern noch kein lebendiges Wesen gab.

»Deshalb will diese Gruppe eine drastische Radikalisierung der Beziehung mit London, kein Gemeinmachen mit den Briten, sondern einen harten Bruch, wenn nötig, mit terroristischen Mitteln. Und dafür haben sie offensichtlich Barry Gordon angeheuert.«

»Ist Gordon denn ein Terrorist?«

»Heutzutage gibt es auch *Terroristen im Nadelstreif.* Nicht mehr die bärtigen Untergrundkämpfer, die immer ein Stück Plastiksprengstoff in der Hosentasche mit sich tragen. So ein *Geläuterter* wie Barry Gordon verkauft seine Erfahrungen bei der IRA als Terrorware an den Meistbietenden.«

»Wenn ich es richtig verstehe, hat dieser Gordon zwei der Opfer aus dem *Shortbread* kurz vor ihrem Tod getroffen?«

»Genau. Zwei Lobbyisten, die für die SNP in London tätig waren.«

»Und jetzt glaubt ihr, Gordon hätte sie erschossen? Wieso hat er die zwei dann nicht still und leise um die Ecke gebracht?«

»Vielleicht war er selbst nicht der Exekutor.«

»Und das Motiv?«

»Kann sein, dass Terrace und Hughes zu viel über die Splittergruppe der SNP wussten und ihr Schweigen teuer verkaufen wollten. Genau diese Fragen möchte ich Gordon ja stellen, aber wie es scheint, will er das vermeiden.«

Bevor sie weitersprechen kann, bewirkt ein waghalsiges Manöver des Constable, dass die Fliehkraft Gwyneth auf meine Seite wirft. Ihre zarte Figur landet in meinen Armen, ihr überraschtes Gesicht ist dicht vor meinem.

»Na, du gehst aber ran«, bemühe ich mich, der Situation mit Pfiff zu begegnen.

»Tschuldige.« Die Detektivin haucht einen freundschaftlichen Kuss auf meine Wange und rutscht auf ihre Seite zurück. »Was ist los?«, fragt sie den Fahrer in harschem Ton.

»Wenn wir schnell genug sind, könnten wir Gordon den Weg vor *Loch Watten* abschneiden«, antwortet er.

»Dann drück drauf.«

Der Constable befolgt den Befehl und lässt die Highlands noch atemberaubender an uns vorbeirasen.

Durch die Unterhaltungsmedien werden Verfolgungsjagden üblicherweise als etwas Abenteuerliches und Kompliziertes dargestellt. Ich kann das nicht bestätigen, denn nur zehn Meilen weiter, kurz vor der Kreuzung der Landstraße mit der A9, kommt uns ein bordeauxroter Kombi entgegen, von dem im Funkverkehr der Polizei die Rede war.

»Das ist er«, ruft der Constable.

»Schneid ihm den Weg ab«, sagt seine Chefin.

Als ob es ein Lehrbuch für Standardsituationen wie diese gäbe, schlägt der Fahrer das Lenkrad hart ein und bedient zugleich die Handbremse. Der Wagen dreht sich mitten auf der Straße und kommt mit quietschenden Reifen zum Stehen. Was immer der Mann im bordeauxroten Kombi auch vorhat, hier kommt er nicht weiter.

Erwartungsgemäß müsste ein verzweifelter, verfolgter IRA-Kämpfer nunmehr aus dem Wagen springen, das Feuer eröffnen und sich den Weg freischießen. Doch in Wirklichkeit parkt der IRA-Mann seinen Kombi manierlich am Straßenrand, stellt den Motor ab und steigt aus, nicht ohne vorsichtshalber die Hände zu heben. Der Gentleman, Anfang fünfzig, dichtes Haar, kräftige Figur, legt dazu einen äußerst überraschten Ausdruck an den Tag.

Vor uns öffnet der Constable die Fahrertür, zieht seine Dienstwaffe, geht hinter dem geöffneten Fenster in Deckung und gibt Gwyneth Feuerschutz. Die Detektivin zieht ebenfalls ihre Pistole, steigt aus und raunt mir zu: »Halt den Kopf unten, Arthur.« Dem Mann neben dem Kombi ruft sie zu: »Hände auf das Wagendach! Legen Sie Ihre Hände auf den Wagen, Sir!«

Wie es aussieht, muss ich meinen Kopf gar nicht unten behalten, denn der Grauhaarige scheint nicht vorzuhaben, eine gefährliche Situation zu provozieren.

»Ich widersetze mich der Festnahme nicht«, ruft er. »Ich widersetze mich nicht.« Behutsam lässt er die Arme auf das Autodach sinken.

Gwyn nähert sich dem Mann, hinter ihr folgt der Constable, beide behalten die Waffen im Anschlag.

Während Gwyneth dem Kollegen Feuerschutz gibt, durchsucht der Constable den Flüchtigen und gibt mit einem Nicken Entwarnung.

»Mein Name ist Barry Gordon«, sagt der mit den Händen auf dem Autodach. »Mit wem habe ich das Vergnügen?«

»Detective Inspector Trout.« Gwyneth steckt die Pistole ins Halfter. »Weshalb sind Sie geflohen, Mr Gordon?«

»Geflohen?« Er spielt seine Überraschung perfekt. »Als meine Kollegen Sie in Ihrer Unterkunft befragen wollten, sind Sie durch die Hintertür abgehauen.«

»Das stimmt nicht. Ich habe einen Termin in Inverness und war schon verdammt spät dran.«

»Das ist aber nicht die Straße nach Inverness«, mischt sich der Constable ein.

»Das ist mir auch aufgefallen, aber leider zu spät.« Gordon besitzt die Coolnees, sich mit der Hüfte gegen das Auto zu lehnen. »Deshalb habe ich noch mehr auf die Tube gedrückt. Werden Sie mich jetzt wegen überhöhter Geschwindigkeit verhaften?«

Gwyns Antwort geht in dem Lärm unter, den das nächste heranbrausende Polizeifahrzeug macht, offensichtlich der Wagen, der hinter Gordon her war.

»Sie sind vorläufig festgenommen, Sir«, sagt sie kühl. »Wir nehmen Sie mit aufs Revier.«

Daraufhin will Gwyneth Barry Gordon zu ihrem Dienstwagen führen, dort entdeckt sie jedoch den Earl of Sutherly, der trotz ihrer Warnung den Kopf nicht unten behielt. Sie dirigiert Gordon daher zu dem anderen Fahrzeug und macht mir durch Gesten klar, dass sie mit dem Verdächtigen mitfahren müsse und dass mich der Constable nach Hause bringen werde. Ich bedeute meine Zustimmung und hebe zum Zeichen der Bewunderung den siegreichen Daumen. Mr Gordon wird mittlerweile genötigt, auf dem Rücksitz des Polizeiautos Platz zu nehmen. Der Constable steigt bei mir ein.

»Ich nehme an, Sie wollen zu Ihrem Auto, Sir?«

»Ja, das wäre reizend.«

»Ein hübscher Wagen, den Sie da fahren.« Der Constable startet.

»Danke. Er ist nur geliehen.«

14

Die Heimsuchung

Nach der überstandenen Aufregung habe ich zunächst ausgiebig geduscht und mich selbst zu einem kleinen Lunch auf der Hotelterrasse eingeladen. Jetzt breche ich zu Rosy auf, um ihr mein Erlebnis zu erzählen.

Rosys Bett ist leer. Die Stationsschwester teilt mir mit, dass die Patientin die Erlaubnis hätte, sich im Rollstuhl durch den Park fahren zu lassen. Der Ausdruck *Park* überrascht mich bei der spärlich begrünten Brache da draußen, noch mehr aber die Tatsache, dass nicht ich es bin, der meine Frau durch das Gelände schiebt. Wer ist mir zuvorgekommen, etwa Gwyneth? Die sollte eigentlich noch mit dem Verhör von Mr Gordon beschäftigt sein.

Ich laufe ins Freie und entdecke nach kurzem Suchen – Mrs Freeman, das blonde Ungetüm, die Heimsuchung aus den Vereinigten Staaten, die Berufstouristin. Geschmückt mit einem blau-weiß-roten Kopftuch läuft sie hinter einem Rollstuhl her, in dem ich Rosy in ihrer Daunenjacke erkenne.

Ich eile über den Betonweg. »Rosemary!«

»Arthur. Das ist ja eine nette Überraschung.«

Man kann vielleicht das plötzliche Auftauchen von Mrs Freeman als Überraschung bezeichnen, aber wohl kaum den Besuch eines Ehemannes bei seiner Frau. »Ich muss dir erzählen…«

»Das wirst du bestimmt gleich tun«, unterbricht mich Rosy, und ihr Blick sagt: *Schlechter Zeitpunkt, Darling, ich bin beim Angeln, und die Fische beißen gerade prächtig.* »Sieh nur, wer mich besucht hat«, sagt sie stattdessen. »Henrietta Freeman.«

»Lord Escroyne.« Die Amerikanerin schenkt mir ein Lächeln von solch unangebrachter Vertrautheit, dass ich sie am liebsten hinter dem Rollstuhl niederschlagen würde.

Rosy dreht sich zu ihr um. »Ist das wirklich wahr, Henny? Kaum zu glauben.«

»Und doch ist es so, Rosy.«

Dass die Alte den geliebten Namen meiner Frau genauso in den Mund nehmen darf wie ich, versetzt mir einen Stich. Ihre Augen leuchten dabei vor Selbstzufriedenheit. Ja, du aufdringliche Klatschnudel, würde ich am liebsten rufen, du darfst eine Countess des britischen Hochadels beim Vornamen nennen.

»Wollt ihr nicht lieber reingehen, Ladys?«, frage ich aasig. »Es scheint gleich ein Regenschauer zu kommen.«

»Nur ein bisschen erhöhte Luftfeuchtigkeit«, gibt Rosy lachend zurück.

»Woher wussten Sie denn, dass meine Frau hier ist?«, frage ich die Alte.

»Sie können sich vorstellen, dass es sich im Hotel rasch herumgesprochen hat, dass Lady Escroyne einerseits guter Hoffnung ist, dass zum andern aber leider Komplikationen aufgetreten sind«, antwortet die Amerikanerin.

»Das hast du ihr alles gleich erzählt, Darling?« Auch wenn ich meinen Vorwurf unterschwellig halte, kann Rosy ihn nicht überhören.

»Von Frau zu Frau«, erwidert sie harmlos. »Mrs Freeman hat mir dagegen noch etwas viel Spannenderes anvertraut.«

Die Rollstuhlführerin nickt. »Lady Escroyne und ich kamen noch einmal auf die Ereignisse im *Tower Castle* zu sprechen.«

»Und auf die ominöse Sexparty«, bestätigt Rosy. »Henrietta sind noch interessante Details eingefallen. Sie hat mir zum Beispiel eine exzellente Beschreibung der unbekannten *Mitspielerin* gegeben, die an der Hotelorgie teilnahm.«

Das Verblüffende an Rosys Strategie ist, dass sie den Ton einer Klatschtante so perfekt nachahmt.

»Welche Mitspielerin meinst du?« Ich schlendere neben dem Rollstuhl her. »Die mit der Maske?«

»Nein, die jüngere von beiden. Henrietta wusste sogar, für welche Escort-Agentur Jerome, der Hotelpage, arbeitet.«

»Nein!«, antworte ich mit gespielter Sensationslust. »Dann hattet ihr bestimmt auch die Überlegung, dass er und die junge Frau für die gleiche Agentur arbeiten könnten.«

»Stimmt genau.« Mrs Freeman kommt auf meine Höhe. »Ich bin der Sache auf den Grund gegangen, übers Internet geht das ja heutzutage ganz leicht. Das Zentrum der Ausschweifungen befindet sich in einem Klub, der bezeichnenderweise *Tons of Teens* heißt. Er liegt versteckt in einem Cottage am *Loch Watten* und scheint sich regen Zuspruchs zu erfreuen.«

»*Loch Watten?* Da komme ich ja gerade her.«

Das wäre mir besser nicht herausgerutscht, denn der irritierte Blick der Amerikanerin lässt an Deutlichkeit nichts zu wünschen übrig.

»Sie, Lord Escroyne? Sie waren im …?«

»Ich war in der Nähe«, erkläre ich Rosy, »gemeinsam mit Gwyn.«

»Ich weiß. Sie hat mich gerade angerufen.«

»Ach? Ich dachte, dein Handy ist tot.«

»Ich habe einen Festnetzapparat aufs Zimmer bekommen«, sagt sie mit unschuldigem Augenaufschlag.

»Ist das nicht ungeheuerlich?«, geht Mrs Freeman dazwischen. »Da glaubt man, im schottischen Norden von nichts anderem als Natur umgeben zu sein, und dann gibt es hier im Umkreis ein veritables Bordell und einen Escort-Service für Touristen.«

Ich kann mir das Gewäsch nicht länger anhören. Ich kann einfach nicht! »Darf ich fragen, weshalb Sie sich so für das schottische Rotlichtmilieu interessieren?«, setze ich pointiert dagegen. »Ich könnte es schon eher verstehen, wenn Ihr Reisebegleiter, Mr Todd, das tun würde.«

Auch im Freien, wo die Vögel zwitschern und Autos vorbeifahren, kann unvermutet völlige Stille eintreten. Tatsächlich wird es so still, als ob der Rest der Welt gespannt darauf warten würde, wie die Amerikanerin auf meine Beleidigung reagieren wird. Rosy ist gespannt, die Vögel in den Zweigen sind gespannt, sogar die Wolken, aus denen lautlos der Regen fällt, sind es.

Leider hat eine Frau wie Mrs Freeman sich ein so dickes Elefantenfell zugelegt, dass selbst eine Attacke wie meine daran abprallt. Nach einer Schrecksekunde verbreitert sich ihr Gesicht zu einem gemeinen Grinsen. »Mylord, Sie sind ja ein Spaßvogel«, antwortet sie und bricht in schrilles Lachen aus. »Das muss ich Toddy erzählen! Gleich, wenn ich heimkomme, muss ich ihm das erzählen. Sich meinen Toddy im *Tons of Teens* vorzustellen – nein, so etwas, einfach zum Schießen!«

Obwohl es hier gar kein Echo gibt, hallt ihr Gelächter im Krankenhauspark unheimlich nach.

—

Die Spazierfahrt mit Mrs Freeman dauerte noch eine halbe Stunde, bevor sie abzog und versprach, alle im Hotel von Lady Escroyne zu grüßen. Wir sind allein, endlich allein. Rosy und ich haben uns auf ihr Krankenzimmer zurückgezogen und beraten uns. Ja tatsächlich, wir halten kriminalistischen Kriegsrat, denn ich gebe mich geschlagen. Es hat keinen Sinn, Rosy *nicht* bei der Lösung dieses Falles zu helfen, lösen wird sie ihn so oder so. Also lasse ich mich lieber als Hilfssheriff vereidigen und unterstütze die Schwertlilie, statt sie weiter davon abzubringen. Solange sie dabei im Bett oder im Rollstuhl bleibt, kann es ihr vermutlich nicht schaden, und je eher der Mörder gefasst ist, desto rascher können wir dem feuchten Schottland den Rücken kehren.

Im Krankenhauskiosk hat Rosy eine Tafel Schokolade gekauft und bricht felsbrockengroße Stücke davon ab. »Gwyneth kümmert sich um Barry Gordon. Sie ruft mich an, sobald es etwas Neues gibt.«

»Hältst du es für Zufall, dass dieser IRA-Mann ausgerechnet in der Nähe des Sexklubs in den Highlands Unterschlupf gefunden hat?«

»Natürlich ist das kein Zufall.« Rosy kaut, als ob sie ein Stück Brot essen würde. »Endlich stellt sich ein Zusammenhang zwischen dieser möglicherweise politisch motivierten Tat und der ominösen Sexparty her.«

Angesichts ihrer mahlenden Kiefer frage ich: »Ist das nicht ein bisschen mächtig?«

»Ich bin eine Schwangere und eine Kommissarin«, verteidigt sie sich. »Für beides brauche ich Nervennahrung.« Nachdenklich schaut sie in den Regen hinaus. »Politik und Sex – ein Ex-Terrorist und ein sexsüchtiger Konzertpianist – ein Bordell in der Wildnis und das *Tower Castle* Hotel.« Sie schnauft einmal durch. »Ich fürchte, den Zusammenhang kriegen wir nur raus, wenn wir diese eine bestimmte Prostituierte aus dem *Tons of Teens* verhören.«

»Wie brauchbar war die Beschreibung denn, die Mrs Freeman dir geliefert hat?«

»Ziemlich präzise. Ein Mädchen mit langem, blondem Haar, so blond, dass es gefärbt sein dürfte. Wahrscheinlich ist sie außerdem Tänzerin.«

»Wie kommt die Freeman zu der Annahme?«

»Weil die Kleine auf der Party Kunststückchen aufgeführt hat, die auf eine besondere *Flexibilität* schließen lassen.« Sie guckt frech zu mir hoch. »Weißt du, was ich meine?«

»Ich habe eine ungefähre Vorstellung. Dann müssen wir eben abwarten, bis Gwyneth mit dieser Schlangenfrau gesprochen hat.«

»Gwyneth sollte das lieber nicht tun.« Nachdenklich legt Rosy den Kopf zur Seite. »Wenn dieser Mord so weite Kreise zieht, dass er in die schottische Außenpolitik hineinspielt, könnte es für die Prostituierte gefährlich werden. Eine polizeiliche Vernehmung wäre zu auffällig.«

»Und was schlägst du vor?«

»Man müsste sie *undercover* befragen.« Rosys Blick endet auf mir. Sie schluckt erst die Schokolade hinunter, bevor sie weiterspricht. »Was hältst du davon, wenn wir Mrs Freemans schlüpfriger Phantasie ein bisschen Nahrung verschaffen würden?«

Ich antworte nicht, noch antworte ich nicht.

»Wenn die sensationshungrige Schachtel ohnehin mutmaßt, dass du dich heimlich im *Tons of Teens* herumtreibst, könntest du es eigentlich auch ruhigen Gewissens tun.«

Es gibt mehrere Möglichkeiten, auf diesen Vorschlag zu reagieren: Ich könnte das Krankenzimmer entrüstet verlassen. Ich könnte den Arzt rufen, damit er bei Rosy eine schwangerschaftsbedingte Geistesverwirrung feststellt. Oder ich könnte mir anhören, was sie zu sagen hat. Rosys Gehirn arbeitet ergebnisorientiert. Sie hat nicht vor, mich in eine unmögliche Situation zu bringen, sie hat nur ihr Ziel im Auge. Dieses Ziel sollte auch das meine sein: die rasche Beendigung dieses denkwürdigen und unsäglichen Flitterwochenunfalls.

»Warst du schon einmal im Bordell?«, fragt Rosy mit der Ruhe eines Buddha.

»Kein Kommentar.«

»Kein Kommentar bedeutet also ja.«

Über meine sogenannten *Erfahrungen* vor der Beziehung mit Rosy habe ich sie in launigen Gesprächen längst aufgeklärt; es waren beschämend wenige. Über käufliche Liebe haben wir dabei nie gesprochen. Ich sehe im Augenblick keine Veranlassung, Rosy die längst verjährte Versuchung durch meinen Schulfreund Herman zu beichten, einem frühreifen Jungen, der mir, achtzehnjährig, von einem *affengeilen Klub* erzählte, der außerhalb von Gloucester eröffnet hätte. Es ist keine besonders farbige Erinnerung für mich; außer Spesen war dabei buchstäblich wenig gewesen. Der Puff von Gloucester hat mittlerweile längst geschlossen, in dem Gebäude befindet sich jetzt ein Supermarkt. Jahre später sah ich die Professionelle aus jenem Klub beim

Einkaufen in demselben Supermarkt noch einmal. Sie hatte zwei Kinder dabei und erkannte mich nicht wieder.

»Ich habe eine gewisse Vorstellung, wie die Dinge in einem Bordell ablaufen«, entgegne ich ausweichend. »Aber selbst wenn ich in die Situation käme, der betreffenden Frau Fragen zu stellen, weshalb sollte sie mir antworten?«

Rosy wuschelt ihr Haar. »Wahrscheinlich ist es eine Schnapsidee, du hast recht. Also wird die flexible Blondine doch ins Kommissariat kommen müssen. Oder man schickt einen männlichen Detective ins *Tons of Teens*.«

»Es gäbe noch eine dritte Lösung.«

»Ach ja?«

Ich ertappe mich bei dem Hochgefühl, einen Moment lang raffinierter zu sein als die Schwertlilie. »Die Befragung dieses Mädchens müsste sich auf einer ganz bestimmten Ebene abspielen.«

»Ebene?«, erwidert sie amüsiert. »Willst du sie flachlegen und dann verhören?«

Weder Rosy noch ich neigen zur Frivolität. Es scheint das besondere Milieu zu sein, das diesen Sprachgebrauch mit sich bringt. Ich sinke neben ihr aufs Bett und setze ihr meinen Plan auseinander.

Der Nachmittag ist bereits vorgerückt, als ich die Klinik wieder verlasse. Ein bisschen leer bin ich, denn wir haben das Für und Wider eingehend erwogen, ein bisschen traurig bin ich, weil ich mich auf einen weiteren Abend ohne Rosy einstellen muss. Es ist für mich eher frustrierend, im Luxus zu schwelgen, wenn ich ihn allein genießen soll. Jede einzelne Minute in der Honeymoon-Suite kostet mehrere Pfund. Jede Minute, in der ich diesen unsinnigen Luxusschlitten chauffiere, kommen weitere Pfunde dazu. Wenn es nach mir ginge, würde ich kurzerhand im *Tower Castle* auschecken, mir eine gemütliche Pension suchen und den Bentley gegen einen Kleinwagen eintauschen.

»Mr Escroyne?«

»Ja?«

»Haben Sie eine Minute Zeit?«, fragt mich ein Mann auf dem Krankenhauskorridor.

Ich hätte Dr. Morphed fast nicht erkannt, da er statt Ärzteweiß einen grünen Operationskittel trägt, eine grüne Hose und grüne Kunststoffpantoffel.

»Natürlich, Doktor.«

Der Gynäkologe legt eine Krankenakte auf das Fensterbrett und schaut ins Freie. »Wenn es hier auf diese Art zu regnen beginnt, kann das Tage dauern. Dieses sprühende Nieseln lässt einen hoffen, es würde bald aufhören, das tut es aber nicht. Deprimierend.«

Wir blicken beide hinaus in den grauen Schleier.

»Sie stammen nicht von hier, Sir?«

Lächelnd entblößt er die weißen Zähne in seinem dunklen Gesicht. »Offensichtlich nicht.«

»Woher, wenn ich fragen darf?«

»Meine Eltern kommen aus Sri Lanka, geboren

wurde ich in Glasgow. Mr Escroyne, Sie sagten bei unserer ersten Begegnung, dass Sie zum Befinden Ihrer Frau eine zweite Meinung hören wollen.«

»Das war nur so dahingesagt«, beschwichtige ich. »Ich war in höchster Sorge, weil Rosy mit der Schwangerschaft bisher so problemlos zurechtkam. Sie ist eine robuste Frau, wissen Sie? Das bringt schon ihr Beruf mit sich.«

»Mrs Escroyne ist *keine* robuste Frau«, entgegnet der Arzt leise. »Ihre Blutwerte sind nicht besonders gut, auch die Nierenfunktion könnte besser sein.« Auf mein entsetztes Gesicht beruhigt er mich: »Das bedeutet nicht, dass Ihre Frau nicht eine normale Geburt haben kann. Aber sie sollte sich in den nächsten Monaten extrem schonen. Ich würde in der kommenden Zeit sogar weitgehende Bettruhe empfehlen. Und ich würde Ihnen tatsächlich raten, einen Spezialisten aufzusuchen, sobald Sie wieder zu Hause sind.«

Ein Schicksalsschlag ist niemals vorherzusagen – sonst wäre er keiner. Es ist auch nicht vorauszusagen, wie der jeweilige Mensch darauf reagieren wird. Ich zum Beispiel lehne mich mit der Hüfte gegen das Fensterbrett und nehme seltsamerweise den Autoschlüssel aus der Tasche. »Wie krank ist Rosy wirklich?«

»Krank? Das möchte ich so nicht sagen.« Dr. Morphed streicht über sein unrasiertes Kinn. »Mrs Escroyne ist eine einundvierzigjährige Frau während ihrer ersten Schwangerschaft, die durch die diagnostizierte Plazenta praevia nicht reibungslos verläuft. Mrs Escroyne wirkt auf mich, wie soll ich sagen, erschöpfter als andere Einundvierzigjährige, vielleicht ausgelaugt durch ihren Beruf oder durch andere Einflüsse.«

»Wir wohnen auf einem Schloss«, antworte ich, als wäre es die einzig logische Erklärung. »Rosy muss mehrmals täglich hundertsechs Stufen erklimmen, um nach Hause zu kommen.«

»So etwas hält eher fit«, lächelt der Arzt. »Ich will Sie wirklich nicht beunruhigen, aber ich habe Mrs Escroyne seit ihrer Einlieferung als temperamentvollen und ziemlich rastlosen Charakter kennengelernt.«

»Ja, das ist sie. *Rastlos* ist Rosys zweiter Vorname.«

»Genau das sollte sie sich aber bis zur Geburt ihres Kindes versagen. Es könnte eine ziemlich kritische Zeit auf Sie beide zukommen, auch die Entscheidung, ob ein Kaiserschnitt nötig sein wird, liegt noch vor Ihnen. Ist das Kind erst einmal da, steuern üblicherweise die Hormone das Verhalten der Mutter. Ich rate Ihnen aber, achten Sie darauf, dass Mrs Escroyne bis zur Entbindung Ruhe bekommt und Ruhe hält. Für alles andere sorgt die Medizin – und natürlich die Natur.«

»Danke, Dr. Morphed.« Ich stecke den Bentley-Schlüssel wieder ein.

»Kopf hoch.« Er wartet einen Augenblick, ob ich vielleicht noch eine Frage habe.

Mir fällt keine ein. Für Fragen ist es noch zu früh.

Sie werden sich einstellen, die vielen Fragen, aber ich bin zu sehr vor den Kopf gestoßen, um rational zu reagieren.

»Wir sehen uns ja bestimmt noch.« Morphed nimmt die Akte unter den Arm und läuft den Korridor hinunter.

»Dr. Morphed?«

»Ja?«

»Wann, sagen Sie, können wir frühestens nach Gloucestershire zurückkehren?«

»In drei Tagen, vielleicht etwas länger.« Er winkt mir mit der Akte zu.

»Nochmals vielen Dank.«

Ich schaue in den Regen hinaus und habe plötzlich auch den Eindruck, dass er niemals aufhören wird.

15

Schuld und Denksport

Du hättest einfach nur deinen verdammten Job tun müssen! Dann hätte Rosy die anstrengende Reise nicht unternommen, und das Ganze wäre nie passiert.«

Gwyn steht da wie das personifizierte schlechte Gewissen. »Hast recht, das weiß ich ja, es tut mir so leid.«

»Was für ein Egoismus, eine schwangere Einundvierzigjährige nicht nur ihrer Flitterwochen zu berauben, sondern sie auch noch dem Stress einer Morduntersuchung auszusetzen. Einem Amokmord mit vier Toten!« Den Bentley-Schlüssel wie einen Faustkeil erhoben, rede ich weiter auf die Kommissarin ein.

»Ich konnte doch nicht wissen, dass es Rosy nicht gut geht. Sie hat selbst gesagt, sie würde nach eurem Urlaub weiterarbeiten.«

»Und dann auch noch das Klima hier«, gehe ich darüber hinweg. »Da muss man ja krank werden.« Als trüge der Regen die Mitschuld, zeige ich aus dem Fenster der Mordkommission. Draußen bestätigt sich Dr. Morpheds Wetterprognose auf das Fürchterlichste.

Gwyneth hat allmählich die Nase voll, auf ihrem eigenen Territorium beschimpft zu werden. Sie hat die Tür ihres Büros zwar geschlossen, aber ich kann mir vorstellen, wie die Kollegen draußen die Ohren spitzen. »In Südfrankreich hätte euch genau das Gleiche passieren können«, schießt sie zurück.

»Nein, denn in Südfrankreich hätte Rosy sich erholt. Sie hätte am Pool gelegen oder Eidechsen auf heißen Steinen beobachtet oder am wilden Rosmarin geschnuppert. Wir hätten uns geliebt und französisches Baguette gegessen, das einem so herrlich die Mundschleimhaut zerkratzt. Wir hätten französischen Rotwein getrunken und... uns geliebt«, wiederhole ich. »Stattdessen hat sich Rosy mit ihrer sprichwörtlichen Energie in diesen Fall gestürzt, hat sich überreden lassen, nach dem Dunklen, dem Bösen, dem Elendiglichen auf dieser Welt zu forschen. In ihren Flitterwochen, in dieser Eiseskälte, im fünften Schwangerschaftsmonat!«

Erschöpft sinke ich auf den Verhörstuhl, vor mir das Mikrofon, in das normalerweise Verdächtige sprechen. Ich bin nicht geübt in Ausbrüchen dieser Art. Der Autoschlüssel in meiner Hand schmerzt, so krampfhaft halte ich ihn umklammert.

»Und was erwartest du jetzt von mir?«, fragt Gwyneth tonlos. »Was soll ich deiner Meinung nach tun?« Schuldbewusst, wie sie ist, elend, wie sie sich fühlt, sieht Gwyneth trotzdem wunderschön aus.

Wo habe ich diesen kitschigen Satz gehört: *Der Schönheit verzeiht man alles?* Wie es scheint, ist er wahr. »Tut mir leid, Gwyneth, wir finden bestimmt eine Lösung«, tröste ich die trostlose Kommissarin.

»Das Ganze regt mich eben ziemlich auf.«

»Mich doch auch.« Sie hebt ihre feingliedrige Hand an die Stirn.

»Rosemary muss noch drei Tage in der Klinik bleiben, und wir sollten sie in dieser Zeit einfach in Ruhe lassen.«

»Aber der Schaden ist bereits angerichtet. Rosy hat sich überanstrengt. Wie kann ich das wiedergutmachen?« Gwyn setzt sich in den Drehsessel, der ihr normalerweise Souveränität verleiht, doch heute sinkt die geknickte Detektivin im Kunstleder tief in sich zusammen.

»Du hast recht«, ändere ich meine Strategie. »Es wäre sinnlos, Rosy zu sagen, der Fall ginge sie ab jetzt nichts mehr an, weil sie sich ausruhen muss. Das würde das Gegenteil bewirken, sie würde sich Sorgen um ihren Zustand machen, und Sorgen sind das Letzte, was Rosy jetzt braucht. Stattdessen sollten wir ihr quasi einen *Gute-Laune-Fall* präsentieren. Wir sollten ihr die vielversprechenden Ermittlungsschritte mitteilen und das nervenaufreibende Klein-Klein von ihr fernhalten. Wir müssen ihr das Gefühl geben, dass es in der Sache vorangeht.« Mein Griff um das Bentley-Symbol lockert sich.

»Aber es geht nicht voran, Arthur. Barry Gordon ist ein hartgesottener Polizeikunde. Der hat schon jede Art von Verhör hinter sich, ich glaube, er wurde sogar mal gefoltert. Trotzdem hat er nie etwas gestanden. Glaubst du, der lässt sich ausgerechnet von einer Anfängerin ein Geständnis entlocken? Sein Alibi für die Tat steht zwar auf schwachen Beinen, aber wenn ich nicht bald etwas Stichhaltiges gegen ihn vorbringe, muss ich ihn wieder auf freien Fuß setzen.« Eine tiefe Falte bildet sich an Gwyneths Nasenwurzel. »Möglicherweise bin ich auf diesem Posten wirklich überfordert.«

»Hör schon auf. Du machst deine Sache prima.«

»Ach ja? Ich stochere prima im Dunklen, das mache ich.«

»Das tut Rosy zu Beginn auch manchmal.« Ich beuge mich zu der schönen Kommissarin. »Schluss mit Selbstzweifeln, Gwyn, zurück an die Arbeit. Hast du denn irgendetwas Neues?«

»Ich habe den Hotelpagen noch einmal vernommen, er hat endlich zugegeben, dass er auf der Sexparty mitgemischt hat und dass Suckling ihn über die Agentur gebucht hatte.«

»Und was weiß der Page über die Frauen, die dabei waren?«

»Er behauptet, er kannte sie nicht.«

»Er will die Blondine nicht gekannt haben, die für die gleiche Agentur anschafft wie er?«

»Jerome arbeitet nur als Callboy. Angeblich war er selbst noch nie draußen im *Tons of Teens*.«

»Dann müsste aber doch die Puff-Verwaltung wissen, wer am Abend vor dem Mord gebucht wurde.«

Gwyn zuckt die Schultern. »Stimmt schon, aber Rosy hat mich telefonisch gebeten, erst mal niemanden von der Polizei dorthin zu schicken.«

»Sie nimmt an, die Prostituierte könnte in Gefahr geraten, wenn der Mörder ihre Zeugenaussage fürchten muss. Was ist mit dem Tod von Mrs Tackergill? Gibt es da schon ein Motiv?«

»Frances Tackergill und ihr Mann führten eine Bilderbuchehe. Sie war die Seele des Schlosses, des Hotels und ihrer Familie. Es ist unerklärlich, warum sie auf so eine brutale Weise sterben musste.«

Ich mache ein paar Schritte zur Wand und ein paar Schritte zurück. »Und bei Terrace und Hughes, gibt es da irgendetwas, das ich Rosy als *Denksport* mitbringen könnte?«

»Barry Gordon bestätigt, dass er die beiden einen Tag vor dem Anschlag im *Shortbread* getroffen hat, angeblich um die Wahllisten der SNP durchzugehen.«

»*Wahllisten?*«

»Im Zuge der neuen schottischen Autonomie wird sich die Zahl der schottischen Abgeordneten ändern, das bringt personelle Umwälzungen mit sich, neue Abgeordnete werden aufgestellt, andere müssen gehen: Und genau darauf wollten die Auftraggeber von Terrace und Hughes Einfluss nehmen.«

»Was hat Barry Gordon damit zu tun?«

»Er ist eine Schlüsselfigur innerhalb der Randgruppe der *Scottish National Party*. Man könnte ihn als *Königsmacher* bezeichnen.«

»Welches Interesse könnte er gehabt haben, dass die beiden Gentlemen aus London sterben?«

»Möglicherweise hat es Meinungsverschiedenheiten über die künftige Sitzverteilung gegeben.«

»Aber bringt man deshalb gleich vier Menschen um?«

»Es geht hier um Macht, Arthur.«

Wir schweigen einen Moment. Gwyn schiebt die offene Akte auf ihrem Tisch von links nach rechts.

»Was ist mit der alten Mrs MacDannagh?«, frage ich ein wenig mutlos.

»Sie war mit den Tackergills befreundet, besonders mit der kleinen Amy. Mrs MacDannagh hat häufig im *Shortbread* gegessen, ihr Besuch dort war also völlig normal.« Ungewohnt heftig für ihr sonstiges Temperament lässt Gwyn die Faust auf den Tisch niedersausen. »Jedenfall ist das alles zu mager, um es Rosy als Aufmunterung ins Krankenhaus mitzubringen. – Entschuldige, Arthur.«

»Schon gut.« Ich überlege. »Rosy glaubt, Barry Gordons Aufenthaltsort am *Loch Watten* und der Sexklub am *Loch Watten* stehen in Zusammenhang. Sie war zuletzt an etwas dran, was sie als Kombination aus Sex und Politik bezeichnet hat. Hilft dir das weiter?«

Statt zu antworten, nimmt Gwyn plötzlich meine Hand. »Wenn du zu ihr fährst, grüß sie von mir. Sag ihr, wie leid es mir tut.«

»Mir kommt da eine bessere Idee.«

»Ach ja?« Gwyns Blick fällt auf den Autoschlüssel in meiner Hand. »Fährst du ein bisschen mit deinem Luxusschlitten spazieren?«

»Der Bentley. Der könnte ein Problem werden.«

»Wobei?«

»Er ist zu auffällig.« Ich werfe einen Blick hinunter auf den Parkplatz. »Könntest du mir für ein paar Stunden dein Privatauto leihen?«

»Wozu?«

»Ich gehe in den Puff.«

Auf Gwyns ratlosen Blick füge ich hinzu: »Rosy zuliebe.«

16

Die Schlangenfrau

Es ist die gleiche Aussicht, nur diesmal ohne Sommerfarben. Ich fahre an demselben bemoosten Bachlauf entlang, diesmal glitzert die Sonne nicht darin, die Farne am Ufer werden von Regentropfen niedergedrückt. Die Landschaft liegt im Nebel.

Gwyns Auto ist ein klappriger Kleinwagen, die Scheinwerfer schaffen es kaum, die Welt aus Watte da draußen zu durchdringen. Auch diesmal kann ich die Fahrt durch die Highlands nicht genießen, nicht nur das Wetter ist schuld daran, auch meine Gedanken. Im Krankenhaus habe ich Rosy meine Strategie glaubhaft auseinandergesetzt, jetzt aber, allein auf der Landstraße, verflüchtigt sich der schöne Plan gleichsam im Nebel. Eine Prostituierte ist schließlich nicht zum Reden da, sondern für einen bestimmten Service. Wer eine Prostituierte zum Reden bringen will, muss in ihr die Bereitschaft dafür wecken. Werde ich dazu imstande sein, mit anderen Worten: Kann ich so gut lügen?

»Haben Sie heute geöffnet?«, war meine erste

Frage, als bei der Telefonnummer des *Tons of Teens* jemand abhob.

»Täglich von elf Uhr morgens bis zwei Uhr früh«, lautete die freundliche Antwort der Frauenstimme.

»Ich würde gern einen Termin vereinbaren.«

»Mit welchem Mädchen?«

»Das weiß ich nicht so recht.«

»Sie können auf unserer Internetseite in Ruhe eine Vorauswahl treffen.«

»Ich rufe eigentlich… aufgrund einer Empfehlung an.«

»Wie kann ich Ihnen helfen, Sir?«

Der zuvorkommende Kundendienst machte mich mutiger. »Ein Bekannter hat mir eine junge Dame empfohlen, die er als besonders… elastisch beschrieben hat, wenn Sie verstehen, was ich meine.«

»Da kann Ihr Bekannter eigentlich nur Vanessa gemeint haben.«

»Vanessa?«

»Unsere Schlangenfrau. Sie wird häufig gebucht, die Kunden sind immer sehr zufrieden.«

»Wäre Vanessa denn, sagen wir, in einer Stunde verfügbar?«

»Ich könnte sie anrufen, dann wird sie pünktlich hier sein.«

Ich lege den Wagen in die Kurve. Der Nebel wird dichter, meine Bedenken werden drängender. Nicht, weil ich verheiratet bin oder weil der Earl of Sutherly so etwas nicht tun sollte, nicht weil käufliche Liebe mich moralisch enrüstet, sondern weil meine Fahrt durch den schottischen Nebel, hin zu einer Nutte, etwas merkwürdig Mysteriöses an sich hat.

»Guten Tag, Sie sind der Termin für Vanessa?« Die Empfangsdame erinnert weniger an eine Puffmutter als an eine nette Hausfrau. Sie trägt einen hellen Pullover und Pulswärmer.

»Ich bin etwas zu spät, weil ich einmal am *Tons of Teens* vorbeigefahren bin.« Ich schüttle ihr die Hand.

»Kein Problem, Sir. Bitte hier entlang.« Sie verlässt ihren Schalter im Eingangsbereich und führt mich in das konservativ eingerichtete Cottage, das weder durch Beleuchtung noch künstlerische Gestaltung seinen wahren Zweck enthüllt. Gemütlich, schottisch, wetterfest, keinesfalls verrucht muten die Räume an.

»Und die Bezahlung?«, frage ich.

»Das klären Sie bitte direkt mit Vanessa.«

Im Living Room erwartet mich eine blonde Frau in einem weißen Top und einem Minirock. Sie ist jünger als erwartet, sie ist kleiner als erwartet. Sollte das wirklich diejenige sein, die von Mrs Freeman auf der Terrasse des *Tower Castle* beobachtet wurde?

»Hallo, ich bin Vanessa. Wie heißt du?«

Wie ich heiße? Harold Philipp Arthur Escroyne, 36. Earl of Sutherly, doch ich bin sicher, diese Antwort würde sie überraschen. Jeder, der ein solches Etablissment besucht, legt sich einen falschen Namen zurecht, nehme ich an. Mir fehlt die Geistesgegenwart dafür.

»Arthur«, antworte ich wahrheitsgemäß.

»Hallo, King Arthur.« Vanessa nimmt mich bei der Hand. »Wollen wir raufgehen?«

Als ich mich umblicke, ist die Empfangsdame bereits verschwunden.

»Warum nicht?«

Auf der schmalen Treppe gibt sie mir Gelegenheit, ihre Hinteransicht zu begutachten. Vanessa erinnert eher an eine Athletin als an eine Tänzerin. Kompakte Muskelpakete bewegen sich die Stufen hoch.

»Du bist also wegen meiner Show gekommen?«, fragt sie über die Schulter.

»Show? Singst du denn auch dabei?«

Während Vanessa eine Zimmertür öffnet, lacht sie mir ins Gesicht. »Du bist ein Komiker, Arthur.«

Hinter ihr betrete ich den kleinen Raum. Mit seiner elfenbeinfarbenen Wäsche wirkt das Bett ziemlich unschuldig.

Vanessa zieht das Oberteil aus. Darunter trägt sie nichts.

»Nein, warte«, sage ich.

»Eine Stunde ist das Minimum. Bei zwei Stunden wird es billiger. Und wenn du hier übernachten willst, machen wir einen Sonderpreis aus.«

Als mich Vanessa freundlich über ihren Arbeitstarif informiert, verfliegt das Mysterium, dem ich durch den Nebel bis auf den Parkplatz des *Tons of Teens* gefolgt bin. Hier wird ein Geschäft gemacht. Ich könnte mir genauso gut die Haare schneiden oder den Wagen waschen lassen. Vanessa schnurrt ihre Preisliste ab und entledigt sich währenddessen auch ihres Rocks und ihres Schlüpfers.

Wenn Rosy mich jetzt sehen könnte, denke ich und entnehme meinem Portemonnaie die Entlohnung für zwei volle Stunden. Vanessa legt das Geld in eine Schublade, in der ich eine Familienpackung Kondome entdecke. Ich setze mich aufs Bett.

»Soll ich also mit der Show beginnen?«

Bevor ich widersprechen kann, bedient sie einen MP3-Player, Musik jagt durch die Lautsprecher, die Blondine beugt sich nach hinten, nach hinten, nach hinten, bis ihr Kopf bei ihren Fersen anlangt und sie zwischen ihren Beinen zu mir hochschaut.

»Gefällt dir das?«

»Komm bitte wieder hoch, Vanessa.«

»Aber gern.«

Sie rollt sich auf eine Weise ab, die ich als kreuzbrecherisch bezeichnen muss, landet in der Folge überraschend auf dem Bauch, schlängelt sich empor, ihr Kopf landet in meinem Schoß.

»Meinst du so?« Ihr freches Gesicht grinst zwischen meinen Beinen hoch.

»Hast du lange trainiert, um das zu können?«, frage ich überfordert. »Was hast du früher gemacht?«

»*Burlesque.*«

»Ist das eine Sportart?«

Sie lacht noch einmal und erklärt mir weltfremdem Dummy, dass Burlesque der neue Trend sei, überall reiße man sich um Burlesque-Tänzerinnen.

In Schottland offenbar nicht, überlege ich, sonst

müsste die biegsame Tänzerin nicht im Puff arbeiten. »Vanessa, warte.« Ich hebe ihren Kopf aus meinem Schoß und rücke zur Seite.

»Du willst erst mal reden, ja?«, fragt sie gleichmütig.

»Woher weißt du das?«

»Weil du zwei Stunden gebucht hast. Die Gentlemen, die es eilig haben, nehmen nur eine. Raus aus der Hose, ran an den Speck, rein in die Hose, ins Auto, und weg sind sie.«

»Vanessa, ich finde deine Show … erstaunlich.«

»Danke.«

»Aber ich will tatsächlich *nur* mit dir reden.«

Ihrem misstrauischen Gesicht entnehme ich, dass sie Abweichungen von der Standardprozedur nicht schätzt. Ein Mann hat Vanessa reizvoll zu finden, er hat geil zu werden, sich seine Befriedigung zu holen und wieder zu verschwinden. Mehr beinhaltet das Angebot nicht.

»Ich bin kein Kummerkasten«, antwortet sie unverblümt.

»Aber ich habe einen Kummer.«

»Ach herrje.« Ihr Seufzer ist tief und lässt die makellosen Brüste beben. »Wieso gibt es eigentlich nur noch komplizierte Männer?«

»Es ist gar nicht kompliziert.«

»Doch, denn sonst würde sich in deiner Hose nämlich schon was regen.«

Ich übergehe diesen Hinweis. »Ich möchte mit dir über meinen Bruder reden.«

»Ist dein Bruder derjenige, der mich empfohlen hat?«

»Mein Bruder kann niemanden mehr empfehlen, denn er ist tot.« Ich nehme all meinen Mut zusammen, nehme Anlauf und springe mit beiden Beinen in die Lüge. »Mein Bruder war Russell Suckling, der Pianist.«

»Was? Du bist der Bruder des *Gesegneten*?«

»Des.. bitte was?«

»Sucky war gesegnet. Er konnte das Glück von beiden Seiten genießen.« Sie grinst. »Von vorn und hinten.«

»Du meinst, er war bisexuell.«

»Er war polysexuell.« Die nackte Vanessa gewinnt Gefallen an der Plauderei, entspannt lässt sie sich neben mich auf die Matratze sinken. »Sucky hatte neben dem Klavierspielen nur Sex im Sinn. Ich glaube wirklich, er hatte statt einem Hirn ein Paar Hoden im Kopf.«

»Wenn ich das richtig verstehe, kanntest du meinen Bruder schon länger?«

»Er spielte jedes Jahr ein bis zwei Konzerte bei den Tackergills. Und jedes Mal gab er zu diesem Anlass eine Party, die sich gewaschen hatte.« Sie hebt den Kopf. »Woher weißt du überhapt, dass ich auf der Party war? Ich meine, Sucky ist doch tot. Wer hat es dir gesagt?«

Das ist eine gute Frage, und ich habe keine gute Antwort darauf.

»Die Polizei rief mich an, um mir den Tod Russells

mitzuteilen. Ich soll mich um den Transport seiner sterblichen Überreste kümmern. In diesem Zusammenhang habe ich natürlich mit Russells Lebensgefährten gesprochen.«

»Mit dem Deutschen?«

»Mit Guenther, ja.«

»Und der hat dir erzählt, dass Russell in der Nacht vor seinem Konzert die Puppen tanzen ließ. Ich verstehe: Der Deutsche platzt ja vor Eifersucht.«

»Tut er das?«

Sie weist mit dem Zeigefinger in meine Richtung. »Ich sag dir was: Wenn Guenther nicht so ein Weichei wäre, würde ich darauf wetten, dass er Sucky umgebracht hat.«

»Vielleicht war er es ja.«

»Man weiß nie, wozu ein gekränktes Herz in der Lage ist.« Vanessa wälzt sich auf den Bauch. »Also, raus mit der Sprache: Wer hat dir verraten, dass ich im *Tower Castle* war?«

»Der Hotelpage.«

»Jerome, die Klatschtante, hätte ich mir denken können.« Sie verdreht die Augen.

»Ihr kennt euch näher?«

»Mit der schwulen Konkurrenz habe ich nichts zu tun. Und jetzt erzähl schon, warum du mich sprechen willst.« Sie legt die Hand auf meinen Oberschenkel.

Versonnen betrachte ich ihr makelloses Hinterteil. »Willst du dir nicht vielleicht was anziehen?«

»Du hast bezahlt. Also genieß es.« Sie lächelt fast unschuldig.

»Ich habe den Verdacht, Russells Tod könnte etwas mit seinen sexuellen Neigungen zu tun haben. Ich glaube nicht, dass es Zufall war, dass er ausgerechnet am Tag nach der Sexparty erschossen wurde.«

Vanessas Lächeln verschwindet. »Das ist doch die Aufgabe der Polizei, das rauszukriegen.«

»Klar«, antworte ich eilig, »aber hast du mal die Detektivin gesehen, die mit der Aufgabe betraut wurde? Der würde ich eher einen Praktikantenjob geben.« Insgeheim bitte ich Gwyneth für diesen Vertrauensbruch um Entschuldigung.

»Ich habe nur gehört, dass sie ziemlich jung ist.«

»Hat dich die Polizei denn noch nicht vernommen?«

»Die sind wohl nicht so schnell wie du.«

»Woher weißt du dann, dass die Kommissarin jung ist?«

»Von Barry.«

»Etwa Barry Gordon?«, frage ich reflexhaft, ohne darüber nachzudenken.

Vanessas Argwohn verwandelt sich schlagartig in Misstrauen. »Wieso weißt du das nun schon wieder?« Sie setzt sich auf und zieht ihren Schlüpfer über.

»Hast du's denn noch nicht gehört?« Ich versuche mich aus dem Labyrinth von Fragen herauszureden. »Sie haben Barry Gordon verhaftet.«

»Was? Ich habe Barry heute Morgen noch gesehen.«

»Im *Tower Castle* erzählt man sich, dass er von der Straße weg verhaftet wurde. Wieso hast du ihn heute Morgen gesehen? War er etwa... beruflich bei dir?«

»Barry frühstückt gern bei uns. Er mag die Atmosphäre im *Tons of Teens*.«

Bevor Vanessas Misstrauen weiter wächst, frage ich rundheraus: »Wer war noch bei der Party? Irgendjemand, der als Mörder infrage kommt?«

Nachdenklich sieht sie mich an. »Ein Mörder schlummert in uns allen, aber keiner, den ich kenne, würde in ein voll besetztes Restautant stürmen und vier Menschen niederknallen.«

»Und doch hat es jemand getan.«

»Keiner von denen, die in Suckys Suite rumgevögelt haben.«

»Hast du alle gekannt, die dort waren?«

»Ihre Schwänze und Ärsche habe ich kennengelernt.« Sie stützt die Ellbogen auf die Knie. »*Gekannt* habe ich keinen außer Sucky – und Jerome natürlich.«

»Da soll auch eine maskierte Frau gewesen sein. War das eine Professionelle?«

»Nein.«

»Wie kanst du so sicher sein?«

»Weil ich hier in der Gegend alle Kolleginnen kenne.«

»Woher kam sie?«

»Woher soll ich das wissen?« Vanessas Ton wird spürbar kühler.

»Aber wenn man sich so nahe kommt…« Ich suche nach einem besseren Ausdruck. »Wenn man einander so nah zu Leibe rückt, könntest du sie doch vielleicht erkannt haben.«

»Sie war weiblich, sie war maskiert, und sie roch nach Knoblauch. Mehr weiß ich nicht, King Arthur.« Die Blonde steht auf. »Egal ob du wirklich Suckys Bruder bist oder ein verkappter Bulle, lass dir eins gesagt sein: Ich wurde für eine Nacht ins *Tower Castle* bestellt. Ich habe in Mr Sucklings Suite meinen Service abgeliefert und bin im Morgengrauen heimgefahren. Und solltest du ein Bulle sein, kannst du das gleich zu Protokoll nehmen.«

»Ich, ein Bulle?«

Vanessa baut sich vor mir auf. »Also entweder du fickst mich jetzt oder du verpisst dich.« Sie fasst in ihr Haar und schlingt es zu einem Knoten. »Was anderes läuft nicht zwischen uns.«

»Ich verstehe. Dann bedanke ich mich für deine Zeit.« Ich stehe ebenfalls auf.

»Das war ein ziemlich einfacher Job«, erwidert sie eisig. »Soll ich dir nicht wenigstens einen blasen?«

»Vielen Dank, das ist nicht nötig.« Bevor ich gehe, habe ich das Bedürfnis, mich wenigstens einer Lüge zu entledigen: »Ich bin kein Polizist, Vanessa, aber ich bin auch nicht Russell Sucklings Bruder. Viel Glück mit deinen Burlesque-Tänzen.« Ich verlasse das Zimmer und laufe zur Treppe. Aus einem der Zimmer dringen Geräusche, die erkennen lassen, dass nicht alle Besucher im *Tons of Teens* nur reden.

17

Phönix aus der Asche

Ich habe Rosemary Pralinen mitgebracht. Die Schachtel steht auf ihrem Bauch, sie bedient sich bereits zum vierten Mal.

»Sie wollte dir einen blasen?«

»Vanessa nimmt ihre Dienstleistung eben sehr ernst.«

Rosy beißt ab und lutscht die Füllung. »Mhm, mhm.« Sie nickt und lutscht, aber vor allem denkt sie nach.

»Habe ich irgendetwas erzählt, woraus du Schlüsse ziehen kannst?«

»Schwer zu sagen.« Sie schluckt das restliche Konfekt. »Die maskierte Frau auf der Party, wonach hat die angeblich gerochen?«

»Nach Knoblauch, behauptet Vanessa. Ist das wichtig?«

»Wahrscheinlich nicht.«

Ich nehme ein Konfekt mit weißer Schokolade, weil ich weiß, dass Rosy die nicht mag. »Freust du dich auch so auf zu Hause?«

»Sicher«, antwortet sie abwesend.

»Das Wetter hat umgeschlagen, draußen sieht man die Hand vor Augen nicht.« Ich lache. »Das ist Schottland im Sommer.«

»Du bist sehr süß, Arthur, weißt du das?«

»Das ist mir bewusst, aber wieso erwähnst du es gerade jetzt?« Unvermittelt sieht mich Rosy zärtlich an.

»Weil du mich um jeden Preis bei Laune halten willst.« Sie lächelt traurig. »Dr. Morphed hat auch mit mir gesprochen. Ich weiß über meinen Zustand Bescheid.«

»Was... hat er dir denn gesagt?«

»Dass ich eine alte, verbrauchte Schachtel bin, die viel zu spät ihr Baby kriegt. Dass ich mich in meinem Job verschlissen habe und jetzt die Rechnung dafür präsentiert bekomme und dass meine Chancen auf eine normale Geburt fifty-fifty stehen.«

»Das hat er dir alles auf den Kopf zugesagt?«

»Etwas höflicher natürlich, aber ich habe verstanden: Es steht ernst, und ich sollte es ernst nehmen.«

»*Ernst?*« Ich frage mich, ob ich bei Dr. Morpheds Diagnose vielleicht etwas überhört habe.

»Eine Plazenta praevia ist nicht besonders kompliziert, wenn die Schwangere ein robustes junges Ding ist. In meinem Fall könnten Komplikationen auftreten.«

»Dafür muss es aber doch Spezialkliniken geben. Könnte Dr. Morphed dich nicht dorthin überweisen? Oder Dr. Rogers?« Überfordert hebe ich die Hände.

»Ganz ruhig, Arthur. Ich glaube, Morphed ist ein guter Arzt, und ich muss jetzt vor allem geduldig sein.«

»Wie schön, dass du es so gelassen aufnimmst.«

»Was bleibt mir anderes übrig?« Rosy seufzt so tief, dass die Pralinen von ihrem Bauch rutschen. »Ich werde mich im Rollstuhl fahren lassen, werde lesen und fernsehen und zwischendurch ein bisschen darüber nachdenken, wie ich Gwyneth helfen kann.«

»Nur nachdenken?«, frage ich misstrauisch. »Keine Aktionen mehr, keine aufregenden Telefonate?«

»In den Tagen bis zur Heimfahrt will ich Gwyn wenigstens noch beraten. Krank und schwach kann ich dann immer noch sein, wenn wir zu Hause sind.«

»Leider geht in dem Fall nicht viel voran. Die Behörden werden Barry Gordon laufen lassen müssen, weil sie nichts Stichhaltiges gegen ihn in der Hand haben. Dass Guenther Holzwarth zur Pumpgun gegriffen hat, will keiner so recht glauben. Waren es schottische Extremisten, die Terrace und Hughes zum Schweigen brachten? War es ein Auftragskiller? Ich fürchte allmählich, die Schüsse im *Shortbread* sind allen Widersprüchen zum Trotz die Tat eines Verrückten, der wahllos in ein Restaurant geschossen hat.«

Als ob sie mir gar nicht zugehört hätte, fragt Rosy: »Wusste Gwyneth etwas Neues über den Tod von Mrs MacDannagh?«

»Wieso kommst du jetzt ausgerechnet auf sie?«

»Weil die Dame reich war.« Sie angelt die fünfte Praline aus der Schachtel. »Ihr Mann hatte ein Unternehmen für medizintechnische Geräte. Nach seinem Tod hat Mrs MacDannagh es verkauft und lebte seither von der Rendite. Sie war kinderlos. Sie konnte das viele Geld zu Lebzeiten unmöglich ausgeben.«

»Woher weißt du das alles so genau?«

»Von der Oberschwester.«

»Die… bitte, was? Was hat die Oberschwester damit zu tun?«

»Sie kennt Land und Leute, also auch die allseits bekannte Mrs MacDannagh.« Rosy schmunzelt. »Sie hat mir ihr *Tablet* geliehen.«

»Ein Tablett?«, frage ich begriffsstutzig. »Wozu soll das gut sein?«

»*Tablet*, Arthur. Eins von den handlichen Internetdingern.«

»Du hast gesurft?«, fahre ich sie an, als ob sie heimlich Drogen genommen hätte. »In deinem Zustand?«

»Ist das nicht immer noch besser, als sich das trostlose Fernsehprogramm reinzuziehen?«

Da hat sie natürlich recht, aber ich bin nun einmal in der Position des besorgten Ehemannes. »Du solltest vernünftiger sein.«

»Ich frage mich, wem Mrs MacDannagh wohl ihr Vermögen vererbt hat.«

»Ach – willst du jetzt etwa auf Mord aus Habgier hinaus?«

Schweigend lutscht Rosy die Karamellfüllung. »Was ist dann mit den Lobbyisten? Und dem Pianisten? Und Mrs Tackergill?« Rosy hat plötzlich diesen Ausdruck im Gesicht, der mich vergessen lässt, dass sie krank und erschöpft ist. Sie trägt das königliche Schwertlilienlächeln, das ich fast immer an ihr liebe. Diesmal macht es mir Angst.

—

»Eine Stiftung?«, fragt Rosy ins Telefon und sieht dabei ziemlich enttäuscht aus.

»Die Stiftung steht der *Scottish National Party* nahe, ist aber nicht politisch tätig, sondern karitativ«, antwortet Gwyn am anderen Ende der Leitung. Rosy hat den Ton laut gestellt, damit ich mithören kann.

»Von wann stammt das Testament Mrs MacDannaghs?«

»Aus dem Jahr 2008.«

»Seitdem hat sie es nicht geändert? Oder wollte sie es vielleicht ändern?«

»Ich habe mit ihrem Notar gesprochen. Er sagte, das Testament liegt seit 2008 unberührt in seinem Safe.«

»Hm, schade. Ich war der Meinung, da hätten wir etwas«.

»Du dachtest, jemand Bestimmtes hätte Mrs MacDannagh beerben sollen, sie dagegen wollte ihr Testament ändern, und um das zu verhindern, hätte derjenige sie umgebracht?«

»So ungefähr«, nickt die Kommissarin unwillig. »Das habe ich in Gloucester zweimal erlebt.«

»Sorry, Rosy, das ist hier nicht der Fall.«

»Wird außer der Stiftung noch jemand von Mrs MacDannagh bedacht?«

»Ja, aber da geht es nur um Kleinigkeiten, eine Pendeluhr, eine Briefmarkensammlung, nichts, weswegen man einen Mord begehen würde.«

Rosy kaut auf der Unterlippe. »Da Mrs MacDannagh tot ist, kannst du dir doch bestimmt Einsicht in ihre Konten verschaffen.«

»Das ist kein Problem.«

»Darf ich da vielleicht auch einen Blick hineinwerfen?«

»Klar, aber wozu?«

»Tu es deiner alten, hinfälligen Lehrerin zuliebe.«

»Du bist nicht hinfällig, nur ein bisschen erschöpft.« Gwyn macht eine Pause. »Ach übrigens, ich musste Barry Gordon leider auf freien Fuß setzen.«

»Hättest du ihn nicht wegen Verdunkelungsgefahr länger drinbehalten können?«

»Alles, was ich gegen den Mann in der Hand habe, ist seine Flucht vor der Polizei. Gordons Anwalt argumentiert, das sei ein Missverständnis gewesen.«

»Missverständnis, mein Arsch«, schnaubt Rosy ungewohnt deftig. »Gordon steckt da mit drin. Auch wenn er nicht der Mörder sein sollte, er ist der Dreh- und Angelpunkt in diesem Fall.« Unwillig zupft sie an ihrem Nachthemd.

»Immerhin habe ich durchgekriegt, dass Gordon die Gegend vorläufig nicht verlassen darf.«

»Gut gemacht.« Rosys Miene hellt sich auf.

»Das war nicht besonders schwer. Er wollte ohnehin nicht weg.«

»Gordon, der Strippenzieher, der Königsmacher, bleibt freiwillig im nördlichsten Zipfel Schottlands?«, fragt Rosy hellhörig.

»Ich überlege, ob ich ihn observieren lassen soll.« Rosy verdreht die Augen, als wollte sie mir sagen: *Muss man der Kleinen denn alles vorbeten?* Ins Telefon säuselt sie aber: »Das ist eine gute Idee. Am besten rund um die Uhr. Außerdem würde ich vorschlagen, zusätzlich jemanden beim *Tons of Teens* zu postieren. Und wenn du schon dabei bist...« Sie sucht nach einer diplomatischen Formulierung. »Ich habe den Verdacht, dass dieser Hotelpage mehr weiß, als er zugibt. Er war bei dem Treffen zwischen den Lobbyisten und Gordon anwesend, und er war Teilnehmer der Sexparty.«

»Was denn, den Pagen auch observieren?«, fragt Gwyn.

»Findest du nicht, dass es sinnvoll wäre?«, erwidert Rosy mit erstaunlicher Langmut.

»Damit hätte ich dann alle verfügbaren Beamten im Einsatz.«

»Ist doch gut, wenn das Team ausgelastet ist.«

»Danke, Rosy.«

»Ich danke dir.« Sie legt auf.

Nach einer langen Pause, in der Rosy das Telefon

anstarrt, frage ich: »Du *weißt* etwas. Irgendetwas weißt du. Habe ich recht?«

»Nein.« Sie zieht das Wort ungewohnt in die Länge.

»Aber du ahnst etwas.«

»Ich würde es eher als *entfernte Witterung* bezeichnen.«

»Wie weit entfernt?«

»Sagen wir mal so: Die Witterung könnte sich in ein paar Tagen zu einem veritablen Geruch auswachsen.«

»Du willst den Fall also doch noch lösen«, rufe ich empört. »Bevor wir heimfahren, willst du ihn abschließen. – Und wenn ich es dir verbiete?«

»Wie willst du das machen? Mein Gehirn abschalten?«

»Wenn ich es nur könnte!«

»Hör mal, Arthur, mein Leben, mein Schutzherr: Tue ich irgendetwas, was mich oder das Kind in Gefahr bringt? Ich liege im Bett und denke nach. Andere Patienten lösen Sudokus, ich löse eben ein Kriminal-Sudoku im Kopf.«

Ehe ich einen weiteren Einspruch erheben kann, fasst mich die wiedererweckte Kommissarin ins Auge. »Und ich würde es begrüßen, wenn ich dich nicht belügen müsste.«

»Würdest du das denn tun?«

»Ja, Arthur, indem ich nämlich so tun müsste, als ob ich hier nur Medikamente nehme und Pralinen futtere. Denn das werde ich nicht«, sagt sie mit dem

Lächeln einer Madonna. »Mir wäre es lieber, wenn ich dich als Komplizen gewinnen könnte.«

»Du meinst, als Assistenten?«

»Ich meine, als Sklaven.«

»Das ist natürlich noch besser«, bemerke ich trocken.

»Du sollst meine Augen sein, meine Ohren, vor allem aber meine Beine.«

»Wahrscheinlich soll ich auch noch dein Handy sein.«

»Gute Idee.«

»Und wenn ich dir das verspreche, bleibst du dann brav im Bett und löst dein *Sudoku*?«

»Das gelobe ich, so wahr unser Baby gesund zur Welt kommen wird.«

Was soll man da machen, wenn sich die geliebte Frau zu so einem Schwur aufrafft? Ich umarme die Schwertlilie und flüstere ihr ins Ohr, dass ich auf den Teufelspakt eingehe.

Die schwangere Teufelin schnappt zu. »Dann schlage ich vor, du holst deinen Laptop aus dem Hotel.« Auf mein Zögern setzt sie nach: »Oder soll ich mir wieder das Tablet der Oberschwester ausborgen?«

»Das wird nicht nötig sein.«

»Danke, mein Held.«

»Dann ist dein Krankenzimmer jetzt also die Kommandozentrale?«

»Ich fürchte, so ist es.«

»Und was erzählen wir Gwyn darüber, dass du als Phönix aus der Asche gestiegen bist?«

»So wenig wie möglich. Ihr Selbstvertrauen ist ohnehin angeschlagen.«

»Ich liebe dich«, sage ich mit der größten Selbstverständlichkeit.

»Und ich liebe dich. Das ist die beste Voraussetzung für ein gutes Team.«

Wir küssen uns. »Und du willst mir bestimmt nicht sagen, wohin deine Witterung dich führt?«

»Setz dich ins Auto, Arthur. Wir brauchen deinen Computer, so schnell wie möglich.«

18

Strafpredigt für eine Forelle

E s muss doch möglich sein, diese Liste irgendwie zu beschaffen.«

Rosys Bett ähnelt immer weniger einem Krankenlager. Auf ihren Knien steht der geöffnete Laptop, mit der linken Hand blättert sie in Papieren, die rechte hält den Hörer ans Ohr.»Ich habe es übers Internet versucht, aber da komme ich nicht weiter. Ich bin sogar über die Webseite meiner Polizeidienststelle reingegangen, aber am Ende heißt es überall: *Zutritt verweigert.*«

»Weil das geheime Dateien einer großen politischen Partei sind«, antwortet Gwyn.»Da kommen wir schon aus Gründen des Datenschutzes nicht ran.«

»Ist die *Scottish National Party* denn nicht verpflichtet, ihre künftigen Mandatsträger zu präsentieren? Es liegt doch im öffentlichen Interesse zu erfahren, wer in Schottland an die Macht kommt.«

»Du sagst es selbst: Es geht um Macht, es geht um Politik, und Machtpolitik funktioniert am besten, wenn sie so lange wie möglich geheim bleibt. Wie sollte ich als kleiner Detective Inspector wohl solche Geheimnisse rauskriegen?«

Rosy klemmt sich das Telefon zwischen Ohr und Schulter, um einen Knopf ihres Nachthemdes zu schließen, der sich in der Erregung geöffnet hat. »Terrace und Hughes kannten diese Liste aber, nicht wahr?«

»Wahrscheinlich. Schließlich lebten sie ja davon, aus Hintergrundwissen Kapital zu schlagen.«

»Demzufolge weiß Barry Gordon auch Bescheid.«

»Sicher sogar, er hat in der Partei viel zu sagen.« Gwyn kommt einer möglichen Replik Rosys zuvor. »Aber selbst wenn ich den Mann in Gewahrsam behalten hätte, wäre es schwer gewesen, ihm die Geheimnisse seiner Partei zu entlocken. Die Politik ist ein derart kompliziertes Geflecht, dass wir da kaum durchsteigen werden.«

»Das ist aber verdammt noch mal unser Job«, schreit Rosy ins Telefon.

Nur selten lässt sich die Schwertlilie zu Zornausbrüchen hinreißen. Inkompetenz ist ein Grund, weshalb es manchmal doch passiert. »Schmeiß dich ins Zeug, Himmel Herrgott, du bist der leitende Detective Inspector in der Gegend. Ruf bei der *Scottish National Party* an. Besser noch, du fährst hin und siehst zu, dass du den Parteivorsitzenden sprichst. Du ermittelst in einem Kapitalverbrechen, dem vier Menschen zum Opfer gefallen sind, Gwyn, jeder Bürger im Königreich, ob Schotte oder Engländer, ist verpflichtet, dir dabei behilflich zu sein. So lautet das Gesetz. Wovor hast du Angst, worauf wartest du? Du hast eine Menge Spuren, geh ihnen nach. Wenn dich die Spuren in den Bannkreis der Machtpolitik führen, beweist das nur, dass du ziemlich nah dran bist. Ich bin überzeugt, dass hinter den Machenschaften von Terrace und Hughes das zentrale Motiv für den Mordanschlag steckt. Sprich noch einmal mit Barry Gordon. Selbst ein Mann wie er wird irgendwann etwas rausrücken, wenn er damit seinen Hals aus der Schlinge ziehen kann. Gordon hat kein Alibi für die Tatzeit. Mach ihm klar, dass er seine Lage verschlimmert, wenn er nicht kooperiert. Bestell ihn aufs Kommissariat, benutze sämtliche Druckmittel, die das Gesetz dir bietet, Baby.«

Rosy hat Gwyn gerade *Baby* genannt. Gwyneth Trout ist die Dienststellenleiterin eines großen Distrikts in Schottland. Sie ist nur ihrem Commissioner Rechenschaft schuldig, sie ist nicht mehr die Schülerin von Rosemary, auch nicht ihre Untergebene. Es wäre also verständlich, wenn Gwyn die kranke Kommissarin jetzt in ihre Schranken weisen würde. Was aber erwidert Gwyneth Trout, was erwidert die *Forelle*?

»Du hast ja recht, Rosy. Vier Tote, ein Mann im Koma, die vielen Zeugen, einige von ihnen machen bereits Druck, weil sie nicht länger im Hotel bleiben wollen – und ich sehe den Wald vor Bäumen nicht. Du behauptest, Sex und Politik seien die Motive, aber es gibt da für mich keinen erkennbaren Zusammenhang.«

»Es gibt diesen Zusammenhang«, widerspricht Rosy. »Der Link heißt Barry Gordon, der in demselben Puff frühstückt, wo Russell Suckling seine Sexgespielin gebucht hat.«

»Ich kann aber weder Suckling noch die Lobbyisten dazu befragen, denn sie sind tot.« Gwyneth scheint ein paar Schritte in ihrem Büro zu machen, bevor sie weiterspricht. »Was die SNP betrifft, denke ich, werde ich noch einmal meinen Kontakt im Londoner Unterhaus bemühen. Ich fürchte nämlich, über die offiziellen Kanäle komme ich an die gewünschten Informationen nicht heran.«

»Einverstanden«, räumt Rosy nach kurzer Überlegung ein. »Nütze deine besonderen Qualitäten, zum Guten.«

Ein Seufzer am anderen Ende. »Ich weiß ja, dass ich vor allem hübsch bin, Rosy, das brauchst du mir nicht unter die Nase zu reiben.«

»Du bist weit mehr als hübsch. Du bist atemberaubend.«

»Trotzdem bin ich immer noch Single. Ich beneide dich um Arthur, weißt du das? So ein Glück ist nicht häufig. Du hast den gekriegt, den du wolltest. Das ist wirklich rar.«

»Das will ich Arthur gern ausrichten.« Rosy lächelt.

»Wäre er noch frei, dieser Mann mit seiner Ruhe, seinem Humor, seiner warmherzigen Art, dann würde ich ihn mir sofort schnappen.«

»Das werde ich Arthur nicht ausrichten«, lacht Rosy.

»Was wirst du mir nicht ausrichten?«, frage ich, als ich in diesem Moment das Zimmer betrete. »Vorsicht, heiß.« Ich überreiche Rosy eine Tasse mit Kräutertee.

»Bleib dran, Gwyn«, verabschiedet sie sich von der Kollegin und legt auf. »Danke, Arthur.« Sie trinkt ein paar vorsichtige Schlucke. »So, mein Lieber, und jetzt möchte ich mich in den Rollstuhl setzen.«

»Wozu?«

»Weil wir eine Vernehmung durchführen werden.«

»Kommt nicht infrage.« Mit verschränkten Armen bekräftige ich, dass ich in diesem Punkt keine Kompromisse machen werde.

»Bitte führ dich jetzt nicht auf wie eine Gouvernante, sondern hilf mir beim Anziehen, lass mich bei Dr. Morphed etwas unterschreiben, womit ich ein paar Stunden Ausgang kriege, und fahr mich ins *Tower Castle*.«

»Und dann?«

»Dann knöpfe ich mir diesen vielseitigen kleinen *Amor* vor, den politisch interessierten Jerome, der bei der Unterredung zwischen Barry Gordon und den Lobbyisten zugegen war. Jerome, den Sexdiener, der eigentlich wissen muss, wer die maskierte Lady auf der Party gewesen ist. Und Jerome, den Arbeitskollegen von Vanessa, die genau wie er so ein verflucht schlechtes Gedächtnis hat. Warum ist das so? Vielleicht, weil Barry Gordon mit ihr gefrühstückt und ihr gesagt hat, was sie alles besser vergessen soll?«

»Wieso kann nicht Gwyneth dem Hotelpagen all diese Fragen stellen?«

»Weil Gwyn leider nicht in der Lage war, den Panzer Jeromes zu brechen.« Rosys Blick wird weicher. »Wenn du willst, dass wir bald nach Hause kommen, ist es an der Zeit, dass ich mir diesen Pagen vorknöpfe.« Rosy packt meine Hand so fest, als wäre es ein Kampfgriff. »Hilf mir, Arthur, damit wir endlich von hier verschwinden können.«

Kann ich mich weigern? Soll ich mich weigern, wenn eine natürliche Autorität wie Rosemary zu mir spricht? Es bleibt mir nichts anderes übrig, als ihre Sachen aus dem Schrank zu holen, die ich Rosy aus dem Hotel mitgebracht habe.

»Leg sie bitte nicht auf die Papiere.« Sie zieht ein paar Zettel hervor.

»Das sind Konotauszüge. Von wem?«

»Von Mrs MacDannagh.«

»Wozu brauchst du die?«

»Für die nächste Stufe in diesem Spiel.«

Ich lege Rosy das graue Kostüm bereit. Während sie aus dem Pyjama schlüpft, hole ich den Rollstuhl und klingle nach dem Stationsarzt.

»Hilfst du mir mit dem BH?«, fragt Rosy mit dem mädchenhaftesten Lächeln.

Jerome

Darf ich mich zunächst vorstellen? Ich bin Detective Inspector Rosemary Daybell und assistiere Detective Inspector Trout bei diesem Fall.«

Rosy ganz in Grau, Rosy im Rollstuhl. Wie eine Figur aus einem expressionistischen Theaterstück thront sie in der Mitte des leer geräumten *Shortbread*. Die hiesige Spurensicherung hat die Restauranttische zur Seite geschafft, um besser arbeiten zu können.

»Detective, wieso? Sind Sie nicht Lady Escroyne?«, antwortet der hübsche blonde, blauäugige junge Mann.

»Ich bin Lady Escroyne«, nickt sie, »trotzdem befrage ich Sie in meiner Funktion als Detective.«

»Zwei Kommissare für einen Fall?« Jeromes Hocker steht Rosys Rollstuhl in der Mitte des Saales gegenüber. Ich dagegen habe mich in eine Ecke des Restaurants zurückgezogen.

»Sie sind Jerome Jennings, einundzwanzig Jahre alt, von Beruf Hotelfachangestellter? Ist Jerome Ihr richtiger Name?«

»Mit Vornamen heiße ich eigentlich Eric.«

»Weshalb nennen Sie sich *Jerome*?«

»Was ist dagegen zu sagen?«

Rosy erstickt seinen flapsigen Ton augenblicklich im Keim. »Sie arbeiten als Callboy, Mr Jennings. Bieten Sie Ihre Dienste nur im Hotel an oder auch außerhalb?«

»Ich bin kein Callboy.«

»Dann nennen Sie mir bitte die korrekte Berufsbezeichnung für das, was Sie tun.«

Eigentlich sollte ich mein Augenmerk auf den Verhörten richten, doch ich beobachte in erster Linie die Kommissarin. Dr. Morphed war nicht angetan über den Alleingang seiner Patientin, gab schließlich aber die Einwilligung und räumte ihr drei Stunden Freigang ein.

»Ich bin eine Hobbyhure«, antwortet Jennings mit offenem Blick. »Ein Callboy muss es nämlich mit jedem Freier treiben, ich mache es nur, mit wem es mir Spaß macht.«

»Und mit Mr Suckling hat es Ihnen Spaß gemacht?« Rosys Hände ruhen entspannt in ihrem Schoß.

»Russell war freundlich, kultiviert und generös.«

»Er lebte in einer Beziehung. Wussten Sie das?«

»Das gilt praktisch für jeden, der mit mir sein Vergnügen sucht.«

»Bieten Sie Ihren Service auch außerhalb des *Tower Castle* an?«

»Das ist nicht nötig.«

»Weil die Nachfrage im Hotel groß genug ist,

nehme ich an. Sie haben also noch nie im *Tons of Teens* gearbeitet?«

»Nein.«

»Sie kennen das Etablissement aber?«

»Na sicher. Meine Monatsabrechnung läuft über den Klub.«

»Bekommen Sie Ihr Geld denn nicht direkt von den Kunden?«

»Über die Agentur bin ich so was wie ein Angestellter. Das ist steuerlich günstiger.«

»*Steuerlich*...« Einen Moment lang wirft diese Antwort Rosy aus dem Konzept. »Kennen Sie eine Prostituierte namens Vanessa Solace? Sie arbeitet im *Tons of Teens*.«

»Nur flüchtig, vom Sehen.«

»Mr Jennings, kommen wir auf den Nachmittag zu sprechen, an dem Sie im *Shortbread* als Kellner Dienst hatten.«

»Ich dachte, Sie wollen mit mir über Sucklings Party reden.« Der Junge wirkt plötzlich unruhig.

»Sie haben Ihrem Chef, Baronet Tackergill, berichtet, dass sich Mr Terrace und Mr Hughes mit dem Politiker Barry Gordon getroffen hätten.«

»Stimmt.«

»Wo saßen die Herren?«

»Dort hinten, am Ecktisch.«

Rosy folgt seinem Fingerzeig mit den Augen. »Wo waren Sie währenddessen?«

»Hinter der Bar. Zweimal habe ich Getränke an den Tisch gebracht.«

»Wie viele Gäste waren sonst noch im *Short-bread*?«

»Keine.«

Rosy sieht ihn erstaunt an. »Kein einziger? Ist das nicht ungewöhnlich?«

»Nicht um diese Uhrzeit. Da sind die meisten draußen unterwegs, oder sie ruhen sich aus.«

»Hatten die Herren das *Shortbread* für ihre Unter-redung reserviert?«

»Keine Ahnung, das müssten Sie Mrs Tackergill fragen.«

»Mrs – Tackergill?« Regungslos wie eine Sphinx sitzt Rosy da.

»Ach… Entschuldigung, ich kann mich immer noch nicht dran gewöhnen, dass Frances tot ist.« Er überkreuzt umständlich die Beine.

»*Frances*? So gut waren Sie mit Ihrer Chefin be-kannt?«

»Alle hier haben sie Frances genannt. Sie wollte, dass jeder sich als Teil eines großen Teams fühlt.«

»Das heißt, Mrs Tackergill kümmerte sich um die Reservierungen?«

»Sie hat sich eigentlich um alles gekümmert«, antwortet Jerome nach einer Pause. »Der Baronet ist eher das Aushängeschild des Hotels. Er arbeitet gern im Garten und erfüllt seine Pflichten in der Kom-mune. Frances war es, die den ganzen Laden hier geschmissen hat.«

»Haben Sie eine Vermutung, weshalb man sie um-gebracht hat?«

»Nein«, erwidert er wie aus der Pistole geschossen.

»Nicht den leisesten Verdacht?«

»Ich dachte… Wir alle hier denken, dass es gar nicht um Frances ging. Der Täter war doch so ein Verrückter, der wild in der Gegend rumgeschossen hat.«

»Haben Sie vielleicht eine Vermutung, was den Anschlag auf Terrace und Hughes betrifft?«

»Nein, natürlich nicht«, antwortet Jerome irritiert.

»Worüber haben sich die drei Männer unterhalten?«

»Das weiß ich nicht.«

»Während Sie die Getränke serviert haben, müssen Sie doch irgendetwas aufgeschnappt haben.«

»Es ist nicht meine Art, unsere Gäste zu belauschen.« Seine Jeans scheint zu kneifen. Er steht kurz auf und rückt sie gerade.

»Sie interessieren sich doch für Politik, Mr Jennings.«

»Trotzdem kann ich Ihnen über das Gespräch der drei nichts sagen.«

»Bemühen Sie sich bitte.« Rosys Lächeln ist eiskalt.

»Ich habe… Einmal fiel das Wort *Fraktionsvorsitz*«, gibt er klein bei.

»Wer sagte dieses Wort?«

»Barry Gordon.«

»Wurden Namen genannt? Fiel der Name eines *Fraktionsvorsitzenden*?«

»Nicht in meiner Gegenwart.«

»Haben Sie eine Ahnung, weshalb sich die drei ausgerechnet im *Shortbread* getroffen haben?«

»Warum auch nicht? Terrace und Hughes wohnten ja hier.«

»Sind die beiden zum ersten Mal hier abgestiegen?«

»Ich habe sie vorher noch nie bei uns gesehen.«

»Haben sich die Lobbyisten auch mit Baronet Tackergill getroffen? Immerhin ist er in der Lokalpolitik tätig.«

»Das weiß ich nicht.«

Rosy legt die Fingerspitzen aufeinander. »Mr Jennings, laut Protokoll waren Sie zum Zeitpunkt des Anschlags auf Ihrem Zimmer im Angestelltentrakt des Hotels.«

»Richtig. Ich hatte frei und habe gelesen.«

»Hatten Sie an Ihrem freien Abend denn keine... Kunden?«

»Nein«, antwortet er dezidiert. »Ich war noch erschöpft, und außerdem wollte ich nicht.«

»Erschöpft von Mr Sucklings Party?«

»Wahrscheinlich. Die ging nämlich, bis es hell wurde.«

»Blieben alle Beteiligten der Party so lange?«

»Das kann ich nicht sagen. Sucky hat mich nämlich ständig mit Champagner abgefüllt. Ich war so was von blau.«

»Trotz Ihrer Trunkenheit müssen Sie sich aber doch noch an die übrigen Mitspieler erinnern.«

»Da waren Russell und ich und Vanessa und die Lady.«

»Welche Lady?«

»Keine Ahnung, sie war maskiert.«

»War es jemand aus dem Hotel, ein Gast oder eine Angestellte?«

»Kann ich nicht sagen.«

»Kommen Sie, Jennings!« Rosy erhebt die Stimme ein wenig. »Diese Frau hat sich ausgezogen. Sie haben ihre Körpermerkmale gesehen. Wie alt war diese *Lady*?«

»Sie war nicht mehr achtzehn, aber auch noch nicht fünfzig.«

»Das ist mir zu vage.«

»So etwas ist bei Frauen heutzutage schwer festzustellen.«

»Hatte die Lady langes oder kurzes Haar, blond oder dunkel?«

»Von ihrem Haar war nichts zu sehen, sie trug so eine... Latexmaske. Die bedeckte den ganzen Kopf.«

Rosy verschärft die Gangart. »Wie waren die Brüste, die Beine? Trug sie Nagellack, welche Farbe? Hatte sie gepflegte oder raue Hände? Wie lachte sie, wie klang ihre Stimme? Hatte sie einen Akzent? Wie roch sie? Benutzte sie ein Parfum?«

Jerome rutscht auf dem Hocker hin und her. »Ich weiß es nicht mehr, verdammt. Ich habe die meiste Zeit mit Sucky gevögelt. Mit den Frauen habe ich's nicht getrieben.«

»Sie meinen, Mr Suckling hatte Sex mit Ihnen *und* den Frauen?«

»Mal so, mal so. Die Party ging schließlich die ganze Nacht. Er hat es bestimmt auch mal mit der Lady gemacht.«

»Und Sie, was haben Sie währenddessen getan?«

»Gesoffen, vielleicht bin ich auch eingeschlafen.«

»Und Vanessa?«

»Die hat abwechselnd Sucky und die Lady bedient.«

»Könnte Vanessa wissen, wer die Unbekannte war?«

»Das soll Ihnen Vanessa sagen.«

»Wann hat die mysteriöse Frau die Party verlassen, Mr Jennings?« Gerade in dem Augenblick, als Rosy den Rollstuhl in Bewegung setzt und auf den jungen Mann zurollt, öffnet sich am anderen Ende des Lokals die Tür, die in die Küche führt.

»Ach, hier bist du.« Baronet Tackergill tritt ein. »Ich habe dich gesucht, Jerome. Du wirst in der Lobby gebraucht.«

Der Hotelpage springt auf. »Entschuldigen Sie, Mr Tackergill. Ich wurde hierher bestellt.«

»Bestellt, wieso denn?« Der Hotelbesitzer kommt näher. »Ach, Lady Escroyne?«, sagt er überrascht. »Ich freue mich, dass es Ihnen wieder besser geht.«

Rosy wendet den Rollstuhl. »Es tut mir leid, dass ich Ihren Pagen einfach entführt habe, Sir. Aber bevor ich abreise, wollte ich für meine Kollegin noch einige Fragen klären.«

»Sie *verhören* Jerome?« Das scheint Tackergill zu amüsieren. »Verhören Sie ihn als Countess oder in der Funktion, über die ich Stillschweigen bewahren sollte?«

Rosy erwidert sein Lächeln. »Ich sehe keinen Grund mehr, mein Inkognito aufrechtzuerhalten, da ich Schottland morgen verlassen werde.«

»Morgen schon?« Das fragt nicht der Baronet, das frage ich.

»Natürlich, Arthur. Das weißt du doch.«

»Ach, Lord Escroyne, Sie sind auch da?« Die Überraschung des Baronet nimmt zu. »In der dunklen Ecke habe ich Sie gar nicht bemerkt.«

»Arthur hat mich hergebracht. Und jetzt wollen wir gleich auf unser Zimmer gehen und packen.«

»Demnach ist das ein Abschied?«, fragt Tackergill mit sichtlichem Bedauern.

»Ich fürchte, ja, Sir.«

»Das tut mir leid, aber Ihre Gesundheit geht natürlich vor.«

Wieso ich *packen* soll und wieso Rosy vortäuscht, dass wir morgen gegen den Willen von Dr. Morphed abreisen, ist mir ein Rätsel. Ich verstehe nur, dass es zu Rosys Plan gehört. »Wir haben die Tage in Ihrem Haus wirklich genossen«, schließe ich mich daher an.

»Konnte Jerome Ihnen behilflich sein?«, fragt der Baronet angesichts des jungen Mannes, der der Unterhaltung stumm gefolgt ist.

»Einiges war aufschlussreich.« Rosy dreht den

Rollstuhl Richtung Tür. »Jetzt will ich Ihr Personal aber nicht länger in Beschlag nehmen, Mr Tackergill.« Freundlich nickt sie dem Baronet zu. »Hilfst du mir mal, Arthur?«, fragt sie und lässt sich von mir nach draußen schieben.

Hinter dem Bentley halte ich den Rollstuhl an. »Eins will ich gleich wissen, Rosy. Hast du nicht großspurig angekündigt, du würdest dem Hotelpagen *das Rückgrat brechen*? Ich sag's ungern, aber du hast die kleine Hobbyhure keine Sekunde aus der Fassung gebracht.«

Rosys Schweigen ist salomonisch, darum setze ich nach: »Ich finde es ja gut, dass du dich schonst, aber so viel Schonung hätte der Junge nicht verdient.«

Strahlend ist das Lächeln, das mir die Schwertlilie schenkt. »Ich wollte eine bestimmte Reaktion provozieren, und die habe ich provoziert.«

»Davon ist mir nichts aufgefallen.«

»Das ist auch besser so, Arthur.«

»Und was sollte das Gerede von unserer Abreise morgen?«

Ruckartig wendet sie den Rollstuhl. »Wenn alles so läuft, wie ich hoffe, könnte das tatsächlich eine korrekte Prognose gewesen sein.«

»Wirklich? Du denkst, dass wir so bald schon nach Hause fahren können?« Obwohl es vom medizinischen Standpunkt bedenklich ist, stimmt mich die Aussicht, vorzeitig nach Sutherly zu kommen, unerwartet fröhlich. »Und Dr. Morphed?«

Rosy nimmt meine Hände. »Wenn du mich nur noch ein kleines bisschen im Dreck wühlen lässt, werden unsere Wünsche wahr, Liebster«, übergeht sie meinen Einwand.

»Aber sicher, wühl im Dreck, mein Leben«, antworte ich, »solange du dabei brav im Rollstuhl bleibst.«

20

Tante Ruthie

D a ist deine Liste.«
Mit diesen Worten läuft uns Gwyneth auf
dem Parkplatz des Krankenhauses entgegen. Wäre
sie nicht so eine grazile Person, in diesem Moment
hätte man bei ihr von einer geschwellten Brust sprechen können.»Das ist vielleicht die geheimste Liste
in ganz Schottland«, ruft sie.

Noch bevor sie ausgestiegen ist, nimmt Rosy das
Papier entgegen.»Gut gemacht, Mädchen.«

»Was unseren Termin betrifft, der steht«, fährt
Gwyn fort.»Wir werden dort erwartet.«

»Gut, gut.« Rosys Blick gleitet neugierig die erste
Seite der Liste abwärts.

»Was für ein Termin?« Ich umkreise den Bentley
und baue mich vor den beiden auf.

Gwyn trägt den Trenchcoat offen, der Hosenanzug
darunter verleiht ihr etwas von einer detektivischen
Galeonsfigur, eloquent, zielsicher und attraktiv.»Es
ist nicht weit von hier, nur ein Katzensprung.«

»Heißt das etwa, du willst Rosy zu diesem Termin
mitnehmen?«

»Umgekehrt stimmt es eher«, lächelt Gwyn, »sie will bei der Befragung unbedingt dabei sein.«

Vorwurfsvoll beuge ich mich in den Wagen. »Rosy! Zwei Verhöre an einem Nachmittag?«

»Laut Dr. Morphed habe ich noch eine Stunde *Freigang* aus seinem Etablissement.« Ihr Blick gleitet die zweite Seite der Liste abwärts.

»Hätte ich gewusst, dass du dich so überanstrengst, unser Ausflug wäre nicht infrage gekommen.«

»Wie alt ist dieses Papier?« Rosy schaut zu Gwyneth auf.

»Das ist brandneu. Es kommt direkt aus der Parteizentrale der SNP.«

»Und so ein Papier konnte dir dein Freund aus dem Unterhaus besorgen?«

»Ich fürchte, ich werde als Gegenleistung noch einmal mit ihm schlafen müssen.« Angesichts von Rosys enttäuschtem Gesichtsausdruck wird Gwyn ernst. »Stimmt etwas nicht?«

»Ein bestimmter Name fehlt.« Die Kommissarin schwingt die Beine aus dem Wagen. »Aber auch dafür wird es bald eine Erklärung geben. Jetzt wollen wir die alten Herrschaften nicht länger warten lassen.«

»Kommt nicht infrage.« Mein Einspruch wird körperlich: Ich lasse Rosy nicht aussteigen.

»Arthur, geh zur Seite.«

»Nein.«

Selbst Gwyneths Versicherung, das Ganze sei

nur eine kurze Stippvisite, besänftigt mich nicht. Ich würde meine Frau um keinen Preis herausgeben, sage ich ohne die geringste Kompromissbereitschaft. Unser Disput geht so lange hin und her, bis Rosy mir eröffnet, was meine eigene, meine eigentliche Aufgabe bei der Sache sein soll. Danach bin ich schlicht sprachlos. Vor allem deshalb, weil ich Rosys sagenhafte Gabe bewundere, bestimmte Umstände und Vorkommnisse, die äußerlich nichts miteinander zu tun haben, in Einklang zu bringen. Nur wegen dieser Bewunderung hole ich schließlich den Rollstuhl aus dem Bentley und verfrachte ihn in Gwyns Dienstwagen, nur deshalb helfe ich meiner risikoschwangeren Frau von einem Auto in das andere. Nur darum winke ich den beiden nach und beobachte, wie sie im Sprühregen verschwinden. Und deshalb kehre ich schließlich allein ins Hotel zurück.

Es handelt sich um eines dieser verträumten Cottages, die leider immer seltener zu finden sind, weil auch hierzulande die Bauauflagen von Jahr zu Jahr pingeliger werden. Landauf, landab werden deshalb alte Fenster aus den Höhlen gerissen und schöne Natursteinmauern mit hässlichen Materialien wärmegedämmt.

Doch dieses Cottage stellt eine Ausnahme dar. Zauberhaft liegt es in der Talsohle zwischen zwei Hügeln hingebettet, Schafe weiden auf der Weide, im Eichenhain bewegen die Eichen ihre Blätter im

Wind. Der gewundene Kiesweg führt nicht bis vor das Häuschen, sondern endet etwas unterhalb, die letzten Yards muss man zu Fuß gehen. Die Rollstuhlfahrt, mit der Gwyneth ihre schwangere Kollegin ans Ziel bringt, gestaltet sich daher holperig.

Herzlich ist die Begrüßung von Mr und Mrs Bogarty, einem Bilderbuchehepaar im Herbst ihres Lebens, zwischen dem ein kleines Mädchen aus dem Cottage tritt.

»Willkommen«, nickt der Großvater.

»Willkommen«, sagt die Großmutter, eine drahtige Frau mit weißem Haar. »Darf ich Sie bitte einen Moment sprechen, unter vier Augen?«, wendet sie sich an Rosemary.

Rosy leiht der Großmutter ihr Ohr, während der Großvater Gwyneth hineinbittet und das Kind mitnimmt.

Mrs Bogarty beugt sich zu der Kommissarin im Rollstuhl. »Amy weiß noch nicht, dass Frances tot ist.«

»Das hat mir Mr Tackergill bereits gesagt«, antwortet Rosy. »Zum Tod ihrer Mutter wollen wir das Kind auch gar nicht befragen.«

Ein Moment des Schmerzes zeigt sich im Gesicht von Mrs Bogarty, als sie an ihre ermordete Tochter erinnert wird. »Worum geht es dann?«

»Wir haben lediglich Fragen zu Mrs MacDannagh, zu der das Kind offenbar eine starke Beziehung hatte.«

»Sie hat Amy wie ihre eigene Enkelin behandelt«,

nickt die Großmutter. »Wir haben dem Kind gesagt, dass Mrs MacDannagh ganz fest eingeschlafen ist.« Mrs Bogarty nickt. »Gut, in dem Fall bin ich einverstanden.«

Als die Kommissarin sich erfolglos bemüht, den Rollstuhl aus eigener Kraft über die Schwelle zu schieben, greift die Großmutter zu.

Im Wohnzimmer sitzen die anderen schon bereit. Mr Bogarty gießt Tee ein, Kuchen steht auf dem Tisch, die Vorhänge verströmen geblümte Heiterkeit.

»Hallo, Amy. Ich bin Rosy.« Sie rollt auf das Kind zu und gibt ihm die Hand.

»Was ist mit deinen Beinen los?«, fragt die Sechsjährige.

»Meine Beine sind in Ordnung. Ich soll mich nur ein bisschen ausruhen.«

»Ist das nicht viel anstrengender als zu laufen, mit so einem Ding unseren Berg hochzufahren?«

»Dafür geht es abwärts schneller.« Rosy nimmt die Teetasse entgegen, die ihr Mrs Bogarty reicht. »Sag mal, Amy, du und Mrs MacDannagh, ihr wart gut befreundet?«

»Wir alle haben hier nur Tante Ruthie zu ihr gesagt«, hilft die Großmutter weiter, als das Kind nicht gleich antwortet.

»Du mochtest Tante Ruthie also gern leiden?«

»Sie war meine beste alte Freundin«, erklärt Amy mit fester Stimme.

»Wie kam denn das? Ich meine, wie habt ihr euch kennengelernt?«

»Auf Daddys Feier.«

»Eine Feier, wo hat die stattgefunden?«

»Im Schloss.«

»Und was habt ihr gefeiert?«

»Daddy hatte alle Leute eingeladen, die zu seiner Partei gehören.«

»*Seine* Partei?« Ein kurzer Blick zu den Großeltern. »Weißt du denn schon, was eine Partei ist?«

»Sicher. Ein Klub, wo die Leute das tun, was Daddy will.«

»Hat er dir das so erklärt?«

»Im Scherz natürlich«, geht Mrs Bogarty dazwischen. »Richard bekleidet in der SNP ja lediglich den Posten des Parteisekretärs von Caithness.«

»Früher einmal hat er von höheren Parteiaufgaben geträumt«, räumt der Großvater ein. »Aber das wäre mit seinen Pflichten im Hotel unvereinbar gewesen.«

»Und auf dieser Feier der Partei war auch Mrs MacDannagh – also Tante Ruthie dabei?«, setzt Rosy fort.

»Ja«, antwortet Amy. »Sie gehört nämlich auch dazu.«

Auf Rosys fragenden Blick erklärt Mr Bogarty: »Tante Ruthie war von Anfang an Parteimitglied der SNP. Obwohl sie nie aktiv tätig wurde, hat sie die Partei doch finanziell unterstützt. In ihrem Testament hat sie sogar ihr Vermögen einer SNP-nahen Stiftung vermacht.«

»Das hat uns ihr Notar bestätigt«, sagt Gwyneth

und wendet sich an die Kleine. »Du und Tante Ruthie, ihr habt euch gleich gut verstanden?«

»Ja. Sie hat mir immer vorgelesen.«

»Hast du sie auch manchmal zu Hause besucht?«

»Oft sogar. Ihr Haus ist nicht so groß wie unseres, aber sehr schön.«

»Hat Tante Ruthie dir manchmal etwas geschenkt?«

»Wie ist diese Frage gemeint?«, schaltet sich die Großmutter ein.

Rosy nippt an ihrem Tee. »Das ist doch eine einfache Frage.«

»Natürlich hat Mrs MacDannagh dem Kind kleine Geschenke gemacht.«

»Uns interessiert vor allem, ob Tante Ruthie ein Sparbuch für Amy eingerichtet hat.«

»Das hat sie tatsächlich«, nickt die Weißhaarige. »Zu Amys drittem Geburtstag, es war ein großzügiger Betrag darauf.«

»Und wurde der von Zeit zu Zeit aufgestockt?«

»Wie es eben üblich ist«, antwortet der Großvater. »Zu Weihnachten und an den Geburtstagen.«

»Hat es jemals eine... Sonderzahlung auf dieses Sparbuch gegeben?« Rosy pustet in den Tee. »Zum Beispiel in letzter Zeit?«

»Ich glaube...« Der alte Mann will antworten, doch seine Frau legt ihm die Hand auf den Arm.

»Wir sehen nicht ein, wohin diese Frage führen soll«, sagt sie reserviert.

»Wir haben in Mrs MacDannaghs Kontoauszügen

eine Überweisung gefunden, die vor drei Monaten auf Amy Tackergill ausgestellt worden war. Es handelt sich um eine unglaubliche Summe für das Sparbuch eines Kindes.«

»Tante Ruthie hat die Summe kürzlich tatsächlich etwas aufgestockt«, antwortet die Großmutter.

»Ich kann mir allerdings nur schwer vorstellen, dass es sich dabei um ein Geschenk für ein Kind handelt«, erwidert Rosy. »Die Überweisung betrug eine halbe Million Pfund.«

Die alten Leute sehen sich an. »Möglich«, sagt Mrs Bogarty knapp.

»Haben Sie sich nicht gefragt, was die reiche Dame bewogen hat, eine derart generöse Schenkung zu machen?«

Draußen setzt sich eine Krähe auf die Regentonne und gibt einen krächzenden Laut von sich.

»Können wir dieses Sparbuch bitte sehen?«, fragt Gwyn.

»Ich weiß nicht, wo es ist.«

»Aber ich. Bei mir oben«, schaltet sich Amy ein. »In meinem Zimmer liegt es, in der Schatztruhe.«

Rosy beugt sich zu der Kleinen. »Könntest du es schnell für uns holen?«

Amy rennt zur Treppe.

»Das Geld ist nicht mehr auf dem Konto«, sagt die alte Frau, während das Mädchen nach oben verschwindet.

»Wo ist es dann?«, erwidert Rosy, ohne sich ihre Erregung anmerken zu lassen.

»Es wurde ausgegeben.«

»Wofür?«

»Es handelte sich um eine Zahlung, die unser Schwiegersohn geleistet hat.«

»An wen hat Mr Tackergill eine halbe Million Pfund bezahlt?«

»Das hat uns Richard nicht gesagt. Er sagte lediglich, er brauche das Geld vorübergehend, Mrs MacDannagh wisse Bescheid, es sei alles abgesprochen.«

»Und dann?«

»Wir haben das Sparbuch auf die Bank gebracht, wo die Summe ja erst vor Kurzem gutgeschrieben worden war. Mr Finch, der Filialleiter, wunderte sich noch über die rasch aufeinanderfolgenden Transaktionen. Seitdem haben wir von der Sache nichts mehr gehört.«

»Haben Sie denn bei Ihrem Schwiegersohn nicht nachgefragt, wieso er eine Transaktion in dieser Größenordnung über das Sparbuch seiner Tochter laufen lässt?«

»Es sei ein Darlehen von Mrs MacDannagh«, antwortet der Großvater. »Mehr hat uns Richard nicht erzählt.«

»Und wann hätte das Darlehen zurückgezahlt werden müssen?«

Mit einem unwilligen Seufzer steht Mrs Bogarty auf. »Detective, wir haben unsere einzige Tochter auf grausame Weise verloren. Richard hat seine geliebte Frau verloren. Wir haben andere Sorgen, als uns um das Sparbuch unserer Enkelin zu kümmern.«

»Das verstehe ich natürlich.« Seelenruhig fährt Rosy den Rollstuhl etwas näher heran. »War die Ehe Ihrer Tochter mit Mr Tackergill glücklich?«

»Ich kannte keine glücklichere.«

»Wollten die beiden noch weitere Kinder?«

»Wenn es nach Frances gegangen wäre, so viele wie möglich. Sie…« Mrs Bogarty legt die gefalteten Hände vor den Mund. Sie braucht einen Moment, um sich zu fassen. »Wie soll ich das erklären? Richard und Frances schwammen förmlich im Glück. Das Hotel hätte nicht erfolgreicher laufen können, Amy ist ein fröhliches, gesundes Kind, Richard legt alle Sorgfalt in die Pflege seines Gartens. Einzig bei seinen politischen Ambitionen scheint unser Schwiegersohn nicht recht voranzukommen. Das mag ein Wermutstropfen für ihn sein, doch wir sind der Meinung, es ist besser so. Ein Berufspolitiker hat zu wenig Zeit für seine Familie.«

»Da ist es, ich habe es!« Amy kommt die Treppe heruntergepoltert.

Auf ein Nicken Rosys steht Gwyneth auf und tritt hinter den Rollstuhl. »Danke, Mr und Mrs Bogarty. Sie haben uns sehr geholfen.«

»Wieso wollt ihr denn schon fort?« Amy springt Rosy in den Weg. »Ich dachte, wir spielen draußen noch ein bisschen mit dem Rollstuhl.«

»Das fände ich auch lustig.« Sie streicht über das Haar des Kindes. »Aber wir müssen leider zurück.«

»Willst du das Sparbuch gar nicht sehen?« Amy hält es ihr geöffnet hin.

»Fünfhunderttausend Pfund«, liest Rosy. »Eine halbe Million, wofür?«, sagt sie leise vor sich hin. Sie hebt den Blick zu Amy. »Ich werde auch bald ein Kind bekommen, weißt du? Wenn ich Glück habe, wird es so toll wie du.« Unwillkürlich legt Rosy die Hände auf ihren Bauch.

Die Lüge im Lorbeer

Für einen passionierten Gärtner gibt es nichts Schöneres, als zu gärtnern oder sich mit einem anderen passionierten Gärtner auszutauschen. Zu diesem Zweck besuche ich Richard Tackergill in seinem Garten, der von einer gewaltigen Lorbeerhecke eingefasst wird.

»Wirklich beeindruckend, wie saftig grün Ihr *Laurus nobilis* ist«, begrüße ich den Baronet, der sich vor mir zwischen den Sträuchern zu schaffen macht.

»Ach, Lord Escroyne, wie schön.« Auf den Knien richtet er sich auf. »Ich hatte gehofft, dass wir uns vor Ihrer Abreise noch einmal sehen. Was machen Sie hier oben?«

Anders als auf Schloss Sutherly liegt der Garten des *Tower Castle* nicht zu Füßen des Schlosses, sondern schwingt sich auf einem sanften Hügel in die Höhe.

»Wenn ich mich nicht so sehr um Rosy hätte kümmern müssen, wäre ich schon viel früher gekommen. Man kann die Pracht Ihres Gartens nämlich von unserer Terrasse aus bewundern.«

Er weist zur Honeymoon-Suite hinauf. »Ist Lady Escroyne auf ihrem Zimmer?«

»Im Augenblick nicht. Sie verabschiedet sich von ihrer jungen Kollegin, bevor wir abreisen.«

»Was ich, wie gesagt, bedaure.« Mit der kurzen Harke scharrt Tackergill an den Wurzeln eines Lorbeerstrauches. »Allzu viel dürfte Ihre Frau in der kurzen Zeit wohl nicht ermittelt haben«, bemerkt er, ohne aufzublicken.

»Ehrlich gestanden bin ich froh darüber. Was Rosy jetzt braucht ist Ruhe. Ich war von Anfang an dagegen, dass sie Miss Trout in diesem Fall unter die Arme greift.«

»Die Aufklärung einer Bluttat wie dieser wird wahrscheinlich Monate in Anspruch nehmen.« Tackergill rupft Unkraut aus und wirft es in einen bereitstehenden Eimer. Plötzlich unterbricht er die Arbeit und stützt sich auf den Eimerrand. »Diese Tätigkeit ist das Einzige, was mir zurzeit Ruhe verschafft. Obwohl ich auch im Garten ständig an meine Frances denken muss, verhilft mir diese Arbeit zu mehr Gelassenheit. Ich wage dann sogar, in die Zukunft zu schauen.«

Ich scharre mit dem Schuh in der Erde. Der Boden ist reich und schwarz, anders als die karge Sohle sonst in der Gegend. Der Baronet scheint seinen Garten mit Mutterboden aufgeschüttet zu haben. »Wie sehen Sie Ihre Zukunft, Mr Tackergill?«

»Vor allen anderen Dingen will ich mich um Amy kümmern und werde im Hotel daher einen Verwalter einstellen. Ich spiele sogar mit dem Gedanken, eine Zeit lang aus der Gegend fortzuziehen.«

»Aber Sie haben ein unvergleichliches Paradies hier, Sir.«

»Ein ziemlich frostiges Paradies.« Er kommt unter dem Lorbeerstrauch hervor. »Der Winter dauert sieben Monate, der Frühling ist nicht der Rede wert, und manchmal regnet es den ganzen Sommer über.«

»Wohin zieht es Sie denn?«

»Edinburgh wäre eine Möglichkeit für mich.«

»Natürlich ist Edinburgh für Sie als Politiker eine spannende Herausforderung.«

Der drahtige Mann steht auf. »Wie meinen Sie das?«

»Es reizt Sie wahrscheinlich, parlamentarisch mitzumischen«, antworte ich mit aller mir zur Verfügung stehenden Harmlosigkeit.

»Ach, Politik«, erwidert er abschätzig. »Ich habe eine Tocher, Lord Escroyne, eine Tochter, die ihre Mutter verloren hat.«

»Natürlich. Bitte verzeihen Sie.«

Wie war das noch mal mit der Lüge? Darf man sich zum Wohle der Wahrheit einer Lüge bedienen? Meine Frau, die Detektivin, hält das grundsätzlich für vertretbar. Ich dagegen habe meine liebe Mühe damit und hoffe, dass Rosy möglichst rasch zurückkommt.

Tackergills Miene entspannt sich. »Die Sache mit meinem Aufbruch von hier ist wahrscheinlich nur eine Grille von mir.« Er legt die kleine Harke in den Eimer. »Soll ich Sie ein bisschen herumführen?«

»Das wäre schön.« Ich nehme ein Lorbeerblatt zwischen zwei Finger. »Wenn Sie wüssten, was ich letztes Jahr mit meinem eigenen Lorbeer durchgemacht habe.«

»Züchten Sie auch ein Spalier?«

»Mein *Laurus* hat kleinere Blätter als Ihrer, daher habe ich es mit einer labyrinthartigen Formhecke probiert.«

»Das wollte ich ursprünglich auch.« Er weist zum höher gelegenen Teil des Gartens. »Aber für solche Spielereien ist es hier zu kalt. Die Pflanze würde den häufigen Beschnitt nicht überstehen. Was war das für ein Erlebnis mit Ihrem Lorbeer?«

Während wir zu seinem Glashaus schlendern, berichte ich dem Baronet von der Ungezieferpest, die in jenem Frühling über meinen Lorbeer hergefallen war. Ich erzähle, wie kein bekanntes Mittel dagegen geholfen hatte, wie Rosy und ich schließlich jeden einzelnen Schädling von den Pflanzen gepult und in konzentrierter Salzsäure getötet haben.

»Ihre Frau ist eine außergewöhnliche Persönlichkeit, Mr Escroyne.« Tackergill öffnet die Tür zu seiner Rosenkultur.

»Hartnäckig ist sie«, nicke ich. »Hartnäckig und schlau.«

Die Pracht, die der Baronet mir präsentiert, verschlägt mir den Atem. Da sind weichblütige Burgunderrosen, langstielige *Catalaniae*, die Kletterrosen ranken sich bis ans Dach. Hier spürt man den Geist und Willen eines Mannes, der Kreativität mit

Systematik verbindet. Trotzdem mag ich mich an all der Fülle nicht erfreuen und zähle die Minuten, in denen ich den Baronet noch in Schach halten muss. Denn *Zeit* ist in dieser Angelegenheit zu einem entscheidenden Faktor geworden.

—

»Wie lange dauert das?«

Die junge Detektivin, die Frau im Rollstuhl und der Pathologe stehen beisammen.

»Die Untersuchung an sich ist schnell erledigt«, antwortet der Arzt. »Das Ergebnis kriege ich aber nicht vor morgen früh.«

Rosy lächelt auf diese Ankündigung, aber es ist das kompromisslose Schwertlilienlächeln. »Ich bin sicher, dass Sie das schneller schaffen. Ich brauche Ihre Antwort in zwei Stunden.«

Der Patholge sucht Rückendeckung bei seiner eigentlichen Chefin. »Wirklich Gwyneth, zwei Stunden, das ist unmöglich.«

Diesmal gerät er bei der geschmeidigen Forelle an die Falsche. »Ich verlasse mich auf dich, Tom«, entgegnet sie. »In zwei Stunden habe ich deinen Bericht auf dem Computer. Einverstanden?«

Bevor Gwyn Rosemary hinausschiebt, werfen sie noch einen Blick auf die tote Mrs Tackergill. Der aufgerissene Hals, das zerstörte Gesicht, das ist kein Anblick, in den man sich versenken möchte, doch die beiden betrachten die Tote, als ob sie ihr bald ein Geheimnis entlocken würden.

»Wie gehen wir vor?«, fragt Gwyn, während der Pathologe die Geräte vorbereitet.

»Am besten sollten wir… Nein, entschuldige, du entscheidest, was zu tun ist, Gwyn.«

»Jetzt sag schon«, flüstert die Jüngere.

»Ich würde es im Hotel machen, am besten direkt im *Shortbread*.«

»Also eine Art Rekonstruktion am Tatort?«

»Genau. Dort kommt uns nämlich zugute, dass es in dem Restaurant nur zwei Ausgänge gibt.«

Die Augen der beiden sind auf die Leiche gerichtet. »Wie viel Mann werde ich brauchen?«

»Mindestens zehn.«

»Was ist mit der Observierung von Barry Gordon?«

»Bleib an ihm dran. Gordon ist das Zünglein an der Waage.« Rosy schaut auf die Wanduhr. »Es gibt noch so viel zu tun, und wir haben nur zwei Stunden Zeit.«

»Brauchst du eine Pause? Willst du dich ausruhen?«

»Im Endspurt ruhe ich mich nie aus.« Rosy lächelt tapfer.

»Was wird Arthur dazu sagen?«

»Das Übliche, und er wird natürlich recht damit haben. Aber im Augenblick spüre ich, dass mir mein Baby keinen Strich durch die Rechnung machen wird.«

An der toten Frances Tackergill vorbei, schiebt die eine Kommissarin die andere aus der Leichenhalle.

hinter der Tür

D as ist Theaterdonner, Rosy, nichts weiter«, rufe
ich durch die Honeymoon-Suite.
»Ich würde es eher als *Voltage* bezeichnen.« Sie
sitzt auf dem Doppelbett und löffelt einen Joghurt.
»Der Zuschauer soll sein Augenmerk auf eine Sache
richten, während in Wirklichkeit etwas ganz anderes passiert.«
»Und weshalb macht ihr bei dieser Beweislage
nicht einfach eine Razzia?« Ich schnüre meine
Wildlederschuhe, die mit dem guten Profil, mit denen man Wände hochlaufen könnte. »Warum besorgt sich Gwyn keinen Durchsuchungsbefehl und
stürmt die Privaträume?

Rosy ist fertig angezogen für einen Coup, den ihr
nicht nur jeder Arzt, sondern auch jeder vernünftige Kriminalist verbieten würde. »Es gibt keine *Beweislage*, Arthur, bestenfalls eine Indizienlage.« Sie
stellt den leeren Joghurtbecher auf den Nachttisch.
»Würde Gwyn mit dem, was wir haben, zum Staatsanwalt gehen, wäre es fraglich, ob er den Durchsuchungsbefehl erlassen würde.«

»Trotzdem ist das nicht dein Job.« Ich stehe auf.

»Doch, das ist es.«

»Wieso denn nur?«

»Weil wir beide uns völlig unverdächtig in der Honeymoon-Suite aufhalten können und jeder im Hotel glaubt, dass wir für die Abreise packen. Kein Polizeibeamter könnte sich dem Ort unseres Interesses so unauffällig nähern wie wir.«

»Und was würdest du tun, wenn ich mich einfach weigere, dich zu begleiten? Wenn ich die Bremsen am Rollstuhl anziehe und dich nirgendwohin schiebe?«

»Dann würde ich dich für einen Spielverderber halten und deinen Sportsgeist anzweifeln.«

»Das ist alles andere als ein Spiel«, antworte ich ernst. »Also, was würdest du unternehmen?«

»Ich würde zu Fuß gehen.«

»Dann würdest du wortbrüchig.«

»Ich wäre wortbrüchig, aber erfolgreich.«

»Erfolgreich, aber krank.«

»Krank durch die Schuld meines uneinsichtigen Gatten.«

»Deines besorgten Gatten, der dieses eine Mal schlauer ist als du.«

Für einen Moment verliert Rosy ihre sprichwörtliche Ruhe. »Die ganze Aktion ist eine Sache von zehn Minuten, Arthur.«

»Was willst du, Rosy, ein Baby haben oder *Detektivin des Monats* werden?«

»Ich will unser Baby, und von mir aus soll Gwyneth Detektivin des Monats werden.«

Mit der Faust schlage ich auf die geblümte Brokatdecke, die unser Himmelbett ziert. »Du machst mich wahnsinnig.«

»Wenn du deine männliche Energie in unseren Plan stecken würdest, könnten wir schon wieder zurück sein.« Rosys Züge werden weicher. »Arthur, komm mal her. Es ist die letzte Sache, um die ich dich in diesem Fall bitte, das verspreche ich hoch und heilig. Danach geht es ab nach Hause.« Sie nimmt meine Hand und zieht mich zu sich aufs Bett.

»Das letzte Mal?« Ich schaue in diese unvergleichlich schönen Augen.

»Das allerletzte Mal.«

»Was geschieht, wenn wir nichts finden und uns unsterblich dabei blamieren?«

»Dann genießen wir unsere Blamage auf dem Heimflug.«

Ich seufze. Ich schüttle den Kopf, aber Rosy weiß, sie hat mich genau dort, wo sie mich haben will.

»Gibst du mir bitte das Handy?«, fragt sie mütterlich.

Ich gehorche, sie tippt Gwyneths Nummer. »Wir sind so weit«, sagt Rosy. »Ja. Du kannst loslegen. Halte uns die Daumen. – Ja, ich halte dir auch die Daumen. Bis später.«

Rosy gibt mir das Handy zurück. »Zeit für den Rollstuhl, mein Held.«

»Ich bin das Gegenteil eines Helden, nämlich ein Mann, der sich nie bei dir durchsetzt.« Ich fasse sie in den Kniekehlen und unter der Achsel und stemme das stramme Mädchen hoch.

Zwei Stockwerke tiefer tritt Detective Inspector Trout vor die versammelte Zuhörerschaft. Der Anblick, der sich ihr bietet, könnte merkwürdiger nicht sein. Etwa vierzig Menschen sitzen an den runden Tischen des *Shortbread*, haben aber weder Speisen noch Getränke vor sich, sie sind auch nicht für ein abendliches Dinner gekleidet. Gespannt sind sie jedoch wie die Flitzebogen.

»Meine Damen und Herren«, beginnt Gwyn, »was wir nun gleich vorhaben, dient den Ermittlungen in diesem Mordfall, und Ihnen fällt dabei eine wichtige Aufgabe zu. Sie sitzen heute wieder genau auf denselben Plätzen, die Sie in der Nacht des Mordes innehatten. Die polizeiliche Aufklärung macht es erforderlich, dass wir das schreckliche Szenario noch einmal so präzise wie möglich ablaufen lassen.«

Gwyneth beginnt, vor der Gesellschaft auf und ab zu gehen. Die Forelle mag ihre Schwächen haben, doch als Moderatorin ist sie begabt. Makellos betont der Hosenanzug ihre Figur, der offene Trenchcoat unterstreicht die Ikonografie einer Kommissarin. Ihre Stimme trägt mühelos den Saal.

»Wie Sie sehen, habe ich auf den Stühlen, auf denen die bedauernswerten Opfer saßen, Polizeibeamte positioniert. Sie werden Mr Suckling, Mrs Tackergill, die Herren Terrace und Hughes sowie Mrs

MacDannagh darstellen.« Gwyn macht eine Kunstpause.»Gibt es Fragen, bevor wir beginnen?«

»Warum kriegen wir nichts zu trinken?« Eine Lady mit blonder Turmfrisur macht sich bemerkbar, Mrs Freeman hebt den Arm. »Wie ich sehe, ist das Hotelpersonal in der Küche angetreten. Die können uns doch bedienen.«

Neben Mrs Freeman möchte ihr Reisebegleiter, Mr Todd, am liebsten vor Scham in die Erde versinken.

»Tut mir leid, Mrs Freeman, wenn ich den Getränkeservice zulasse, würde das Procedere außer Kontrolle geraten«, erwidert Gwyn.

»Ich erlaube mir, jedem von Ihnen ein Freigetränk in Aussicht zu stellen, wenn das hier vorbei ist«, meldet sich eine sympathische Stimme aus dem Hintergrund.

Alle drehen sich zum Mücheneingang um. Baronet Tackergill trägt einen mitternachtsblauen Anzug mit Krawatte. An seinem Arm ist deutlich die Trauerbinde zu erkennen. Sein Haar ist streng nach hinten frisiert. Im Ganzen macht er den Eindruck eines Mannes, der seinen Schicksalsschlag nicht verheimlichen will und ihn mit Würde trägt.

Die Gäste applaudieren spontan. »Danke, sehr liebenswürdig«, rufen einige. Der Baronet winkt freundlich zurück und gibt dem Hotelpagen Jerome Anweisungen.

»Vielen Dank, Mr Tackergill«, schaltet sich Gwyneth ein. »Wir beginnen mit unserer Rekonstruktion zehn Minuten vor dem einschneidenden Ereignis.

Bitte versuchen Sie sich ins Gedächtnis zu rufen, was Sie unmittelbar vor der Tat getan haben.«

Ein Raunen, ein Tuscheln, die Leute rutschen und rücken sich auf ihren Stühlen zurecht. Ungewöhnliche Aufgaben wecken den Ehrgeiz in den Menschen, sofern sie einen tieferen Sinn dahinter vermuten. Daher beginnen sie tatsächlich, die Situation in der Mordnacht nachzuspielen.

Gwyneth hat ihre Aktion mit einem zehnminütigen Vorlauf versehen, damit Rosy und mir mehr Zeit bleibt. Denn auch wenn die Privaträume der Tackergills im selben Trakt liegen wie die Honeymoon-Suite, lässt sich der Weg dorthin nicht hindernisfrei zurücklegen. Es sind Schwellen zu überwinden, und man muss auf Hotelangestellte achten, die hier umhergeistern. Der Flügel des Schlosses, in dem die Tackergills wohnen, ist durch dicke Mauern vom Hotelbetrieb abgetrennt, doch es gibt einen geheimen Übergang von der Terrasse aus, den das Einbrecherpaar Escroyne benützen will.

Bevor wir ins Freie treten, halte ich den Rollstuhl an. »Noch können wir zurück.«

»Aber wir wollen nicht zurück.«

»Ich eigentlich schon.«

»Schieb weiter, Arthur.«

Wir gelangen auf die Terrasse. Damit sind wir von jedermann unterhalb des Schlosses zu sehen. Unauffällig fahre ich den Rollstuhl über die verwitterten Fliesen, halte den Blick dabei abgewandt, denn, so rede ich mir ein, wenn ich niemanden sehe, kann mich auch niemand sehen.

»Gleich haben wir's geschafft«, zischt Rosy.

Wir umgehen ein Containergewächs, das als Sichtschutz dient, und ich stoppe vor einer unauffälligen Terrassentür. Rosy dreht den Türknauf. »Abgeschlossen.«

»Nichts wie zurück.«

»Mach dich nicht lächerlich.«

Bevor ich auch nur das Geringste unternehmen kann, holt sie das Kissen unter ihrem Po hervor, hält es mit einer Hand vor die Glasscheibe, die andere ballt sie zur Faust und schlägt zu. Rosy erzielt ein erstklassiges Ergebnis, mit einem Knacks gibt das Glas hinter dem Kissen nach, Scherben fallen ins Innere. Sie will die Hand durch den Spalt stecken.

»Lass mich das machen.« Ich löse die Glassplitter aus dem Türrahmen und öffne den Riegel von innen. »Wir werden ins Gefängnis kommen oder in die Hölle«, murmle ich, während ich die Kommissarin in die Privaträume des Schlossbesitzers fahre.

»Dort.« Sie weist auf eine halb geöffnete Tür, hinter der man ein Büro erkennt. Ich rolle die Schwertlilie dorthin.

»Zum Laptop«, kommandiert sie.

»Mach dich nicht lächerlich. Wie willst du in den paar Minuten das richtige Passwort herauskriegen?«

»Neunzig Prozent der Menschen benutzen simple Kennwörter, die sie sich leicht merken.« Rosy weckt den Computer aus dem Ruhezustand. »Du übernimmst inzwischen die Schubladen und den Aktenschrank.«

»Wer würde wichtiges Beweismaterial wohl im Aktenschrank verstecken?«

Warum bin ich so defätistisch? Wir haben die Straftat ja schon begangen, weshalb sollten wir die Sache also nicht cool und professionell zu Ende bringen? Vielleicht, weil mein Herz so heftig schlägt, dass ich das Blut in den Ohren sausen höre? Weil meine Hände schwitzen und ich zu allem Überfluss einen Schluckauf kriege. Während ich mehrere Schubladen aufziehe und mich frage, wieso wir nicht wenigstens Latexhandschuhe tragen, beginnt Rosy in die Textleiste zu tippen. Sie gibt *AMY* ein und das Alter des Kindes. Sie gibt *FRANCES* ein, sie gibt *SHORTBREAD* ein, ohne Erfolg.

»Lass gut sein, Rosy, du kommst nicht dahinter.«

Sie wendet den Blick zu mir. »Was ist diesem Mann am allerwichtigsten?«

»Die Anerkennung«, antworte ich, ohne lange zu überlegen.

»Bravo, Arthur. Es war absolut richtig, dich mitzunehmen.«

»Findest du?«

»Du hast den Täter vor ein paar Tagen bereits treffend charakterisiert: *Es ist jemand, der trotz seiner besonderen Qualitäten nicht in der Position ist, derer er sich für würdig hält.*«

»Und, was weiter?«

»Die Sehnsucht dieses Mannes liegt in der Parteipolitik. Hier will er sich verwirklichen.« Rosy gibt die Initialen der *Scottish National Party* ein.

Mir wäre es lieber gewesen, wenn sie unrecht gehabt hätte, doch in Windeseile baut sich der Bildschirm vor uns auf. Triumphierend klatscht Rosy in die Hände. »Was habe ich gesagt!« Sie bemerkt meine zaudernde Haltung. »Mach mit den Schubladen weiter, Arthur.«

Rosys Worten zufolge suchen wir den fehlenden Link, den sie vergeblich auf der Liste der SNP zu finden gehofft hatte. Tatsächlich finde ich einige Papiere, die das Logo der *Scottish National Party* tragen, doch wie es aussieht, ist nichts von Bedeutung dabei. »Stecknadel im Heuhaufen«, knurre ich, gehe auf die Knie und ziehe am Griff der untersten Schublade. »Die ist abgesperrt.« Ich schaue zu Rosy hoch.

»Brieföffner.« Ganz selbstverständlich zeigt sie auf ein Requisit auf dem Schreibtisch. »Nimm den Brieföffner dafür.«

»Ich soll allen Ernstes den Schrank aufbrechen?«

»Du hast recht, das dauert zu lange.« Rosy klappt eine Schatulle auf, in der sich Büroklammern, Stifte, Münzen und sonstiger Kram befinden, und kippt den Inhalt schwungvoll auf die Schreibunterlage. Ein kleiner Schlüssel kommt zum Vorschein.

»Woher weißt du solche Sachen nur?«, frage ich verblüfft.

»Die Menschen sind Gewohnheitstiere, sie haben es gern bequem. Was tust du, wenn du nicht weit laufen willst, um einen Schlüssel zu suchen?« Sie wirft mir das silbrige Ding zu und öffnet die nächste Datei.

Der winzige Schlüssel fällt mir zweimal zu Boden, bevor ich ihn in das Schloss einführen kann. Während ich nervös daran drehe, tut Rosy einen stillen Seufzer, ihre Art *Heureka* zu rufen.

»Schau mal.«

»Ich will nur noch die Schublade –«

»Komm her, Arthur.«

Ich lasse den Schlüssel stecken und sehe Rosy eine Galerie von Fotos durchforsten, die von einem Pornoportal heruntergeladen worden sein könnten. Doch gleich darauf erkenne ich auf den Bildern die biegsame Vanessa.

»Das ist ja... die Sexparty von Russel Suckling«, stoße ich hervor.

»Das ist sie.« Rosy klickt weiter. »Ohne jeden Zweifel.«

»Die Bilder wurden nicht mit Teleobjektiv geschossen.« Ich beuge mich über ihre Schulter. »Das sind Close-ups.«

»Richtig.«

»Wer hat das fotografiert?«

»Derjenige, der auf den Fotos fehlt.«

»Hier ist Suckling.« Ich zeige auf einen nackten Herrn, der es auf dem Billardtisch mit einer maskierten Lady treibt. Mein Finger schweift weiter. »Und da ist Vanessa, die offenbar gerade eine Pause macht.«

»Demnach fehlt...«

»Der Page.«

»Jerome hat also auf der Party fotografiert.« Rosy lehnt sich zurück. »Wieso landen die Bilder dann auf dem Computer der Tackergills?« Als ob sie mir eine Prüfungsfrage gestellt hätte, blickt sie auf.

»Das wirst du mir bestimmt gleich erklären.«

»Später. Mach deine Schubladen fertig, und lass uns abhauen.«

Diesem Vorschlag folge ich nur allzu gern. Rosy nimmt einen USB-Stick aus der Tasche und schiebt ihn in die Buchse. Währenddessen knie ich mich hin, drehe den Schlüssel und entdecke im Inneren der Schublade ein Ding, das ich ihr gern zeigen würde, doch merkwürdigerweise schiebt sich eine Tür in mein Blickfeld.

»Sie hätten mich nicht für so dumm halten dürfen«, sagt eine sympathische Stimme.

Da knie ich, Amateureinbrecher wider Willen, dort sitzt meine Frau im Rollstuhl, meine Rosy mit der Risikoschwangerschaft, während hinter ihr Richard Tackergill den Raum betritt.

»Haben Sie wirklich geglaubt, mit Ihrer Kriminalshow im *Shortbread* könnten Sie mich ablenken?«

Rosy schwingt im Rollstuhl herum. »Guten Abend, Mr Tackergill.«

»Das ist Einbruch, Mrs Escroyne, aber das wissen Sie natürlich.«

Sie geht sofort in die Offensive. »Wenn Sie wollen, können Sie gern die Polizei rufen.«

»Das hat Zeit. Was suchen Sie hier?«

»Sagen Sie es mir.«

Niemand, der Rosy nicht kennt, würde in diesem Moment auch nur die geringste Angst bei ihr feststellen, doch ich durchschaue sie. Diese Blässe um die Nase, die verzweifelte Falte zwischen den Augen – meine Rosy hat schlimme Angst.

Ich knie hinter einer Tür. Nun könnte ich, wie man das in einschlägigen Filmen sieht, mich gegen diese Tür werfen, den Baronet aus dem Gleichgewicht bringen und ihn überwältigen. Das wäre eine beeindruckende Tat. Aber es gibt natürlich Gründe, warum solche Filme nicht das Leben widerspiegeln, sondern nur eine geschönte Fiktion. Bevor ich mich zu irgendeiner Handlung entschließen kann, bewegt sich der Türflügel wie von selbst.

»Wollen Sie nicht hervorkommen, Lord Escroyne?«

Im letzten Augenblick stecke ich den Gegenstand ein, den ich in der Schublade entdeckt habe.

»Das scheint mir doch eine ziemlich unbequeme Position zu sein«, sagt Tackergill gönnerhaft.

Ich knie vor einem Mann, den Rosy für den Täter hält. Tackergills sonst so freundliche Augen blicken entschlossen, und auch wenn das Ding in seiner Hand keine Pumpgun ist, eine Pistole ist es allemal.

»Sie haben keine Chance, Baronet«, sagt Rosy. »Die gesamte Mordkommission ist in Ihrem Hotel versammelt. Detective Inspector Trout weiß, was ich weiß. Es ist nur eine Frage von Minuten...«

»Halten Sie den Mund«, unterbricht er sie, wendet sich zu mir, zielt und schießt mir in die rechte Schulter.

Die Kugel ist schneller als der Schall. Ich spüre das helle Brennen dicht neben dem Schlüsselbein, noch bevor ich den Schuss höre. Beides kommt absolut überraschend für mich, und augenblicklich wird mir übel. Es ist wohl weniger der Schmerz, der mich durchjagt, sondern das Überwältigende der Situation. Meine Frau hat einen Mörder gestellt, doch in Wirklichkeit stellt der Mörder nun uns. Er ist bewaffnet, er ist entschlossen, er hat nichts zu verlieren.

»Nein!«, schreit Rosy. »Warum?«, schreit Rosy.

»Um Ihnen klarzumachen, dass ich nicht scherze.«

»Dazu hätte es nicht dieses Beweises bedurft.« Mit der Entschlossenheit einer gereizten Löwenmutter rollt sie auf ihn zu.

»Rosy, nicht!«

Der Baronet hebt die Waffe ein zweites Mal.

»Stopp, Lady Escroyne.«

Nerven behalten gehört zur Grundausstattung einer Kriminalistin, daher reißt Rosy sich zusammen. »Ich habe alle nötigen Beweise gegen Sie, Sir. Die Untersuchung der Leiche Ihrer Frau ergab, dass sie vor ihrem Tod Sex mit Russell Suckling hatte. Ihre Frau war die maskierte Besucherin auf seiner Party. Frances' Affäre mit Suckling bestand wahrscheinlich seit Längerem, nämlich seit er Klavierkonzerte in Ihrem Haus gab. Wussten Sie, dass Ihr Hotelpage diesmal mit von der Partie sein würde? Hat Jerome die kompromittierenden Fotos in Ihrem Auftrag gemacht, oder hat er Ihre Frau damit erpresst?«

»Hören Sie mit Ihrer lächerlichen Taktik auf.« Die Pistole richtet sich erneut auf Rosy. »Glauben Sie, Sie könnten mich in ein Gespräch verwickeln und so lange vollquatschen, bis Ihre Kollegen hier eintreffen?« Er geht zur Tür. »Halten Sie den Mund und setzen Sie sich in Bewegung. Mr Escroyne, Sie gehen zuerst.«

»Er kann nicht gehen«, fährt Rosy den Baronet an, »Sie haben ihn angeschossen.«

»Ich habe ihm in die Schulter geschossen, nicht ins Bein. Stehen Sie auf, Sir.«

Ich missachte die Instabilität meiner Knie, überwinde den Nebel, der vor meinen Augen wabert, denn jetzt geht es einzig und allein darum, Rosemary aus der Schusslinie zu bekommen und Zeit zu gewinnen, bis irgendetwas passiert, das unsere Lage verbessert. Taumelnd stehe ich auf, schleppe mich hinter den Rollstuhl und stütze mich mit dem gesunden Arm darauf.

»Geht es, Arthur?«

»Alles bestens, Rosy.«

»Was haben Sie mit uns vor?«, fragt Rosy angespannt.

»Ich nehme Sie als Geiseln«, antwortet er, als sei es das Natürlichste von der Welt. »Wir verlassen diesen Ort gemeinsam.« Mit der Pistole macht er eine Geste. »Worauf warten Sie noch?«

Ich schiebe meine Frau aus dem Büro. Ein paar Tropfen meines Blutes fallen auf den hellen Teppichboden.

23

Zwei Patienten

Das ist ein Mietwagen«, gebe ich zu bedenken, als Tackergill uns auf den Bentley zuführt. »Den dürfen wir nicht beschädigen.«

»Weitergehen.« Mein lächerliches Argument kümmert den Baronet keine Spur. Er hat seine Jacke ausgezogen und verdeckt damit die Waffe, mit der er uns über den Parkplatz dirigiert. Als Rosy merkt, wie viel Mühe es mich kostet, den Rollstuhl zu schieben, hilft sie selbst mit den Schwungrädern mit.

»Überanstreng dich nicht«, keuche ich.

»Du bist kreidebleich.«

Die Überlegung, ob ich auf dem Parkplatz kollabieren soll, um unseren Abtransport zu verzögern, verwerfe ich gleich wieder. Wenn der Baronet keine Chance mehr sieht, uns als Geiseln zu nehmen, könnte er uns genauso gut hier abknallen.

»Machen Sie alles genau wie immer«, sagt Tackergill mit einem Blick zu den Hotelfenstern.

»Ich kann Rosy unmöglich ins Auto heben«, antworte ich mit Hinweis auf mein blutgetränktes Sakko.

»Natürlich nicht. Sie werden sich selbst bemühen müssen, Mrs Escroyne. Schließlich sind Sie nicht gelähmt.«

An den Armstützen hievt Rosy sich hoch. »Ich frage mich, wieso Sie nicht einen Augenblick gekämpft haben, Sir.«

»Gekämpft, worum?« Er hilft ihr auf den Beifahrersitz.

»Die Indizien belasten Sie natürlich, trotzdem hätten Sie mit einem guten Anwalt die Ermittlungen noch einige Zeit behindern können.«

»Sie fahren den Wagen, Lord Escroyne«, kommandiert Tackergill, ohne auf Rosys Frage einzugehen.

»Er kann jeden Moment in Ohnmacht fallen«, widerspricht sie, während ich mich zur Fahrerseite schleppe.

»Wenn Sie Frau und Kind nicht gefährden wollen, sollten Sie das besser bleiben lassen.« Der Baronet wirft meine Tür zu und steigt hinten ein. Ich spüre die Pistole an meinem linken Ohr. »Fahren Sie.«

»Ich kann nicht.« Ich umklammere das Lenkrad.

»Wieso nicht?«

»Weil ihr beide dauernd redet.«

»Was?«

»Voice Control«, erwidere ich so neutral wie möglich.

Der Baronet begreift und schweigt.

»Motor starten«, sage ich, als sei der Bentley unser letzter Verbündeter. Das Logo auf dem Armaturenbrett leuchtet auf, warm und kraftvoll setzt sich die Maschine in Gang. Ich lenke die Limousine zur Ausfahrt und hoffe inständig, irgendein Hindernis möge uns im letzten Moment in die Quere kommen. Doch kein Hindernis ist in Sicht, geschmeidig gleitet der Bentley auf die Landstraße.

»Wohin Sie uns auch bringen, Sie haben keine andere Wahl, als Schottland zu verlassen«, sagt Rosy. »Wir haben also eine lange Fahrt vor uns, und in dieser Zeit können Sie meine Neugier befriedigen: Weshalb haben Sie die Tat nicht abgestritten?«

»Wie würde das wohl aussehen, wenn der aussichtsreichste Kandidat auf den Fraktionsvorsitz der *Scottish National Party* sich gegen den Vorwurf verteidigen müsste, ein vierfacher Mörder zu sein? Wie lange wäre ich dann wohl noch der *aussichtsreichste* Kandidat? Egal, was bei der Schlammschlacht herauskommt, als Politiker bin ich erledigt.«

»Die große Politik, das war Ihr höchstes Ziel, nicht wahr?«

»Natürlich war es das«, antwortet er unbeherrscht. »Ich habe eine Stimme, und ich wollte sie erheben!«

Bevor Rosy weiterspricht, wirft sie mir einen besorgten Blick zu. Ich nicke beruhigend und versuche, gleichmäßig zu atmen. Es ist erstaunlich, was man alles schaffen kann, selbst wenn eine Kugel im eigenen Fleisch steckt.

Das Gesicht des Baronet erscheint im Rückspigel.

»Seit Jahren schlage ich mich mit lächerlicher Kommunalpolitk herum: Wie viele Mülleimer auf dem Küstenpfad aufgestellt werden sollen, von wann bis wann die Straßenbeleuchtung brennen darf. Jetzt aber müssen die großen Entscheidungen für Schottland getroffen werden, Entscheidungen, die für die nächsten Jahrzehnte Gültigkeit haben sollen. Und ich wollte unter denen sein, die sie treffen.«

»Rechtfertigt Ihr Ehrgeiz den Tod von vier Menschen?« Rosy ist anzumerken, dass sie ihre Souveränität zurückgewinnt.

»An der Gabelung nach links«, kommandiert Tackergill und lehnt sich zurück. »Terrace und Hughes hätten mein Geld nehmen sollen«, sagt er nach einer Weile. »Ich begreife immer noch nicht, warum sie es ausgeschlagen haben. Das ist es doch, was Lobbyisten tun: Sie kassieren Geld dafür, dass sie politische Konstellationen einfädeln.«

»Wahrscheinlich haben Terrace und Hughes ein besseres Angebot erhalten«, sagt Rosy. »Und zwar von Barry Gordon.«

»Dass Gordon hier auftauchen würde, konnte ich nicht vorhersehen. Ich hatte die beiden Londoner endlich so weit, dass sie meine Kanditatur in allen wichtigen Gremien unterstützen würden.«

»Wenn Gordon die eigentliche Gefahr darstellte, weshalb haben Sie dann nicht ihn erschossen?«

»Ich wollte überhaupt niemanden erschießen, Mrs Escroyne!« Impulsiv wirft sich der Baronet nach vorn, sein Gesicht taucht zwischen uns auf. »Ich bin der Erbe eines sechshundert Jahre alten Adelsgeschlechts. Ich gehe nicht einfach los und bringe Leute um. Verstehen Sie das nicht?«

»Trotzdem haben Sie es getan, Sir. Es war die unverhoffte Gelegenheit, die Sie handeln ließ, nicht wahr, die Tatsache, dass all Ihre Widersacher an einem Ort versammelt waren?«

»Es war nichts als ein lächerlicher Zufall«, antwortet er bitter.

»Wollen Sie damit sagen, all Ihre Widersacher saßen zufällig friedlich vereint im *Shortbread*?«

»Nein. Es war Zufall, dass ich auf die Idee kam. Eines Abends las ich Amy ein Märchen vor, die Geschichte eines Mannes, der sieben Fliegen auf einen einzigen Streich erschlägt. Von da an prahlt er überall mit seiner Tat, als ob er ein großer Held wäre.«

»Sieben auf einen Streich.« Erst nach einer Pause spricht Rosy weiter. »Sie wussten, Ihre Frau würde an jenem Abend im *Shortbread* sein, zusammen mit ihrem Liebhaber, Mr Suckling. Auch die beiden Lobbyisten würden kommen, und zu guter Letzt die alte Frau, der Sie eine halbe Million Pfund schulden. Diese Transaktion war ohne schriftliche Vereinbarung zustande gekommen, der Tod von Mrs MacDannagh sollte Sie von Ihrer gewaltigen Schuldenlast befreien.« Rosy dreht sich zu Tackergill um. »Eine halbe Million Pfund als Schmiergeld für ein politisches Amt? War die Bestechungssumme nicht ungewöhnlich hoch?«

»Ich brauchte das Geld nicht nur dafür.« Tackergill sieht der Kommissarin in die Augen. »In letzter Zeit ist in meinem Leben alles schiefgelaufen, Mrs Escroyne. Meine Frau hat schlecht gewirtschaftet, sie hat regelrecht geprasst. Das Hotel steckt in den roten Zahlen.«

»Ich hatte den Eindruck, durch Ihre Frau sei das *Tower Castle* überhaupt erst erfolgreich geworden.«

»So hat Frances es nach außen gern hingestellt.« Er lacht hart. »Die wunderbare, von allen geliebte Frances konnte leider nicht mit Geld umgehen. Alles, was sie für das Hotel anschaffte, war zu kostspielig. Unsere Kulturveranstaltungen zum Beispiel, das Honorar für Russell Suckling wäre astronomisch gewesen. Wie hätte ein Klavierkonzert mit fünfzig Zuhörern das je wieder einspielen sollen?«

»Es war wohl eher eine großzügige Geste für den Liebhaber Ihrer Frau.«

»Nach außen spielte Frances die perfekte Gattin, die perfekte Hotelmanagerin, die perfekte Lady. In Wirklichkeit folgte sie nur ihrem Lusttrieb. Sie nahm sich, was sie wollte. Sie wollte eine luxuriöse Ehe, sie wollte die Bewunderung der Menschen ihrer Umgebung, und sie wollte die Freiheit, so viel Sex zu haben, wie sie brauchte.«

»Seit wann ging das schon mit Suckling?«

»Wenn es nur der Klavierspieler gewesen wäre«, stößt Tackergill hervor. »Suckling kam ja bloß einmal im Jahr. Es gab andere. Natürlich ließ sich Frances nie mit Leuten aus der Gegend ein, dazu war sie zu sehr um ihren Ruf besorgt. Es waren vor allem Stammgäste des Hotels, Männer, die nach ein paar Tagen wieder abreisten. So konnte nichts nach außen dringen.«

»Wenn Sie den Zustand Ihrer Ehe so unerträglich fanden, hätten Sie sich einfach scheiden lassen können. Warum haben Sie Frances nicht zum Teufel geschickt?«

Eine Pause entsteht, der Bentley schnurrt über die Straße, ich verliere immer mehr Blut. Allmählich macht sich das auch in meinem Kopf bemerkbar.

»Ohne Frances bin ich nichts«, sagt Tackergill mit überraschender Offenheit. »Ich bin nicht besonders durchsetzungsfreudig, müssen Sie wissen.«

»Und Ihre politischen Ambitionen?«

»Es war Frances, die meine Träume hervorgelockt hat. Sie gab mir die Zuversicht, dass ich es schaffen könnte. Sie gab mir die Kraft, meinen Mann zu stehen. Sie wollte, dass ich ganz nach oben komme, in die erste Reihe der schottischen Politik.« Er schüttelt den Kopf. »Sie war es sogar, die den Kontakt zu den beiden Lobbyisten herstellte. Frances hat Terrace und Hughes ins *Tower Castle* eingeladen. Es war alles ihr Verdienst. Das war der Deal: Frances half mir bei der Verwirklichung meiner Träume, und als Gegenleistung forderte sie absolute Freiheit.« Er spielt mit der Pistole. »Ich hatte geglaubt, imstande zu sein, sie ihr zu geben. Ich habe es versucht. Aber irgendwann...«

»Irgendwann war der Krug zu lange zum Brunnen gegangen. Das war der Moment, als Sie den Plan fassten, alle fünf auf einmal zu beseitigen.« Rosy fällt etwas ein. »Wie sind Sie übrigens an die Waffe gekommen?«

»Das war knifflig.« Tackergill lächelt mit überraschender Vertrautheit. »Wie soll ein Baronet sich eine Waffe besorgen, die normalerweise nur von Terroristen benutzt wird? Ich musste nach Irland übersetzen, um das Gewehr zu kaufen. Geübt habe ich in den Highlands.«

»Und schließlich spielten Sie den ausgeflippten Amoktäter.« Rosy seufzt. »Kein übler Plan, das muss ich zugeben. Leider hatten Sie nicht bedacht, dass Amokschützen sich normalerweise nicht so zielstrebig und raffiniert benehmen.«

»Nein, Lady Escroyne, darin lag nicht mein Fehler«, antwortet er schroff. »Ich hatte nur nicht vorhergesehen, dass unsere junge, unerfahrene Polizeichefin sich Verstärkung holen würde. Ich hatte auf Miss Trouts geringe Berufserfahrung gesetzt. Wie konnte ich ahnen, dass eine Frau Ihres Kalibers im *Tower Castle* absteigen würde?«

»Wenn es nach Arthur gegangen wäre, hätte ich es auch nicht tun dürfen.« Rosy fasst an ihren Bauch. »Ich hätte es wirklich bleiben lassen sollen.«

»Aber Sie haben es getan. Sie haben sich in mein Hotel eingeschlichen und unangenehme Fragen gestellt.«

»Und Sie haben versucht, meine Ermittlungen in eine bestimmte Richtung zu dirigieren.«

»Mit wenig Erfolg, wie man sieht.«

»Ihr Versuch, den Verdacht auf Barry Gordon zu lenken, war unlogisch. Mussten Sie nicht befürchten, er würde Ihre politischen Ambitionen aufdecken und Sie damit in den Kreis der Verdächtigen bringen?«

»Nein.«

»Wieso nicht?«

»Weil Gordon gar nichts wusste. Terrace und Hughes haben ihm nicht verraten, wer das Schmiergeld an sie bezahlen würde.«

»Wieso nicht?«

»Weil für Lobbyisten Geheimhaltung die oberste Priorität hat.«

Die letzten Sätze höre ich bereits wie aus weiter Ferne. Auch die Straße entfernt sich merkwürdigerweise von mir. Selbst die Farben ändern sich. Das matte Grau der Heide, die Brauntöne des verwelkten Grases, die Farben des Mooses, alles steigert sich auf irreale Weise. Es ist, als wollte ein besonders kitschiger Künstler die Highlands neu bemalen. Mein Kopf hat die unaufhaltsame Tendenz vornüberzusinken, gleich müsste er auf das Lenkrad prallen.

»Arthur«, höre ich Rosy rufen. »Arthur, nein!«

Ich spüre eine Hand, die nach dem Lenkrad greift, die liebe, sanfte Hand meiner Frau. Ich spüre, wie der Wagen die Richtung wechselt, wie er hin- und herschwankt. Ich höre einen Schrei Rosys, zugleich einen Schrei hinter mir. Ich höre einen sanften Rums, der vielleicht ein kräftiger Rums war, jedenfalls fährt der Bentley nicht weiter. Dann höre und sehe ich nichts mehr. Es ist ein angenehmes Gefühl, in dieses dunkelblaue Bett hinabzusinken und die Augen zu schließen. Selbst der Schmerz in meiner

Schulter verabschiedet sich, nichts rauscht mehr, nicht einmal mein Blut.

Ein leichter Wind, die Tropfen des Nieselregens, ich lecke sie mir von den Lippen. Zwei kräftige Arme zerren mich aus dem Auto, meine Füße schleifen über ein moosiges Polster, sie sind merkwürdig weit entfernt.

»Wollen Sie etwa weiterfahren?«, höre ich Rosy. »Damit bringen Sie ihn um!«

»Wäre es Ihnen lieber, wenn ich ihn hier liegen lasse?«

Die kräftigen Arme zerren mich wieder zurück in den Bentley, diesmal auf den Rücksitz. Ich erkenne die Silhouette eines Mannes, der vorne einsteigt und starten will. Der Bentley verweigert jede Unterstützung.

»Er ist kaputt.« Die Silhouette schlägt auf das Lenkrad.

Wäre ich klar im Kopf, würde ich den wütenden Mann in diesem Glauben lassen. Aber mein Kopf ist eine Wolke, die sich langsam auflöst. »Voice Control«, flüstere ich.

Der Mann versteht. »Motor starten«, schnauzt er den Bentley an. »Motor starten«, wiederholt er.

Doch der Bentley bleibt widerborstig, solange er nicht die Stimme hört, auf die er programmiert wurde.

»Sagen Sie es.« Die Silhouette hält mir die Pistole vor die Nase. »Tun Sie's.«

»Nicht schießen«, höre ich Rosy.

Ich spüre die kalte Mündung an der Schläfe.

»Motor starten«, wispere ich. Seltsam kindlich klingt meine Stimme, aber das intelligente Auto erkennt sie wieder. Der Motor erwacht zum Leben, unbeherrscht gibt der Mann Gas. Das helle Schleifen unter mir besagt, dass die Räder im Morast durchdrehen.

»Weniger Gas«, schlägt Rosy vor.

Der Baronet folgt ihrer Anweisung, die Reifen fassen Grund, wir bewegen uns rückwärts, bis wir ebenes Terrain erreichen.

»Sie müssen ihn ins Krankenhaus schaffen«, sagt Rosy.

»Leider keine Zeit«, antwortet die Silhouette.

»Wollen Sie Arthur denn auch noch umbringen?«

»Vier Tote... fünf Tote, das macht keinen Unterschied mehr.« Der Bentley gleitet voran.

Da verliert die Schwertlilie ihre sprichwörtliche Geduld. »Ich lasse Arthur nicht sterben!«

Ich kann nicht viel erkennen, nur ein Tigerweibchen, das sich auf den Fahrer wirft. Rosy ist über ihm, Rosy kämpft mit ihm, wie sonst nur Raubkatzen um ihr Liebstes kämpfen. Eine verzweifelte, geschwächte Frau kämpft mit einem verzweifelten kräftigen Mann. Der Ausgang ist absehbar. Tackergill stößt sie auf den Beifahrersitz zurück und setzt die Fahrt fort. In meiner Wolke, in der ich schwebe, meldet sich das verrückte Bedauern, dass ich wahrscheinlich den Rücksitz voll blute. Das ist

mir unangenehm. Man hätte etwas unterlegen können.

»Etwas unterlegen«, lallt mein Mund. Unwillkürlich fasse ich in die Jackentasche und suche nach
einem Taschentuch.

»Was sagst du, Arthur?« Rosy beugt sich zu mir.
Ist mein Blick verschleiert, oder ist sie wirklich so
blass? Ihr hübsches Gesicht sieht verzerrt aus, ist sie
verletzt? Hat sie Schmerzen?

»Lassen Sie meine Frau aussteigen«, höre ich
mich flüstern. »Sie haben ja mich als Geisel. Rosy
ist schwanger.«

»Sch, sch«, macht die Schwertlilie. Nicht den Helden spielen, heißt das, und ich weiß ja auch, dass
mir das Heroische nicht liegt.

Meine Hand kommt wieder aus der Tasche hervor.
Was ich herausziehe ist schwarz und fühlt sich an,
als ob es aus Gummi wäre.

»Was hast du da?«, fragt Rosy.

»Eine Latexmaske«, murmle ich. »Ich habe sie in
der Schublade gefunden.«

Rosy nimmt sie. »Die Maske Ihrer Frau.« Wie eine
Trophäe hält die Kommissarin dem Baronet die
Maske hin. »Zu welchem Zweck hat Jerome die Fotos
von Mrs Tackergill gemacht? Wollte er Sie damit er-
pressen?«

Mit steinerner Miene fährt er weiter, der Bentley
fegt über die Straße. »Nein«, antwortet Tackergill.
»Ich selbst gab ihm den Auftrag. Ich sagte ihm, ich
wollte Beweise für die Untreue meiner Frau.«

»Dann war es also ein Ablenkungsmanöver am Abend vor der Tat?« Rosy nickt. »Damit Jerome niemals auf die Idee kommen sollte, dass Sie der Täter sind.«

Außer uns ist kein Auto, kein Laster, kein Motorrad auf der einsamen Straße unterwegs, nur wir, nur der Bentley. Woher kommt dann dieser Lärm, dieses unangenehme Geräusch, das ich in meiner Wolke störend finde.

»Da sind sie«, sagt Rosy zu Tackergill. »Bleiben Sie stehen, Sir. Sie haben keine Chance mehr.«

Der Baronet tut das Gegenteil. Er blickt nach oben, wo sich uns eine makellose Libelle nähert. Dass ein Tier von solcher Größe fliegen kann, ist erstaunlich, denke ich. Der Fahrer lässt den Bentley nach rechts und links ausscheren, doch wie entkommt man einer Libelle? Wie soll man sich auf einer schnurgeraden Straße in den Highlands vor ihr verstecken? Es gibt kein Versteck. Schließlich bleibt der Bentley stehen. Elegant setzt die Libelle vor dem Wagen auf. Der Sog der Rotorblätter erfasst die Figuren, die zu Boden springen. Beeindruckend sieht das aus, wie sie sich uns mit gezückten Waffen und entschlossenen Mienen nähern.

Der Fahrer wendet sich zu meiner Frau. Mir ist, als ob er Rosy traurig ansehen würde.

»Das ist bedauerlich«, sagt er.

»Geben Sie auf, Mr Tackergill.«

»Eines sollen Sie wissen, Lady Escroyne: Ich gehe nicht ins Gefängnis.«

»Ihr Wunsch ist verständlich, Sir, ich sehe allerdings keine Alternative.«

»Aber ich«, erwidert der Baronet, führt die Waffe in seinen Mund und schießt.

Es ist ein heller Brei, eher rosa als rot anmutend, der auf die Nackenstütze des Bentley und teilweise an die Fensterscheibe spritzt. Ich neige nicht zu Herzlosigkeit, doch in diesem Moment bedaure ich weniger den sterbenden Baronet als den Reinigungsdienst, der das wird sauber machen müssen.

»Geht es dir gut, Rosy?«

»Geht es dir gut, Arthur?«, fragen wir beide im gleichen Atemzug.

Es ist uns anzumerken, dass es uns nicht gut geht, aber wir sind unendlich erleichtert, als neben dem Beifahrerfenster Gwyneths freundliches und selbst bei Helikoptersturm attraktives Gesicht auftaucht.

»Ist euch was passiert?«, will sie fragen und entdeckt im gleichen Augenblick den toten Baronet.

»Himmel Herrgott!«, schreit die Kommissarin.

»Wie habt ihr uns gefunden?« Rosys Stimme ist schwach.

»Hast du geglaubt, ich würde meine Lehrerin schutzlos in die Höhle des Löwen schicken?« Gwyn lächelt. »Wir haben einen Sender an deinem Rollstuhl angebracht.«

»Gut gedacht«, nickt Rosy.

»Gut gemacht«, schließe ich mich an.

»Arthur wurde angeschossen. Er hat viel Blut verloren.«

»Der Helikopter bringt euch ins Krankenhaus.«
Gwyn dreht sich um und ruft ihre Befehle gegen
den Lärm.

»Da wird Dr. Morphed aber Augen machen«, sage
ich mit letzter Kraft, »wenn er statt eines Patienten
gleich zwei zurückbekommt.«

»Ja, Arthur.« Rosy nimmt meine Hand und drückt
sie voll Liebe. »Da wird Dr. Morphed Augen machen.«

Royal Airforce

Dass sich ein schottischer Adeliger mit einem Kopfschuss aus dem Leben stiehlt, mag schon vorgekommen sein. Wenn es sich jedoch um einen aussichtsreichen Kandidaten auf ein hohes politisches Amt handelt, ändert das die Lage. Wenn dieser Mann außerdem von Rosy als vierfacher Mörder entlarvt wurde, dann dürfen die schwangere Detektivin und ihr heldenmütiger Gemahl mit einer gewissen Sonderbehandlung rechnen. Das ist der Grund, weshalb eine Militärmaschine der schottischen Fliegerstaffel der Royal Airforce bereitgestellt wurde, die Rosy und mich nach Hause bringen soll. An Bord befinden sich neben den Piloten und uns beiden noch Dr. Morphed, eine Krankenschwester und Detective Inspector Gwyneth Trout.

»Lady Escroyne kann unmöglich auf normalem Weg heimreisen«, hatte Dr. Morphed nach der Untersuchung seiner Patientin verkündet. Gleicher Meinung war der Chefchirurg, der die Kugel aus meiner Schulter entfernt hatte, bezüglich Lord Escroyne.

Rosy und ich wollten aber unter keinen Umständen länger im Norden bleiben. Keinen Tag länger. Wir wollten endlich nach Hause, und die Liste der Leute, die uns dabei zu Hilfe kamen, ist erstaunlich. Zunächst wurde Gwyneths Vorgesetzter tätig, der Polizeichef von Caithness, dann war da der Justizsprecher der *Scottish National Party* und nicht zuletzt ein Mitglied des Londoner Unterhauses, das sich im Übrigen auf sein nächstes Date mit der attraktiven Gwyneth freut. Durch all diese Interventionen wurden Rosy und ich zwei Tage nach unserer Todesfahrt mit dem Baronet nicht im Bentley, sondern im Krankenwagen zu einem Stützpunkt der Royal Airforce gefahren, wo uns ein Flugzeug erwartete, das sonst für Sanitätseinsätze in Krisengebieten verwendet wird. Die Maschine ist sogar mit einem mobilen OP ausgestattet.

»Wie geht es Ihnen?« Dr. Morphed prüft Rosys Messwerte.

»Sollten Sie mir das nicht sagen?« Sie lächelt tapfer, aber so schmal und bleich habe ich ihr Gesicht noch nie gesehen. Selbst wenn sie daheim erschöpft von einem langen Tag heimkommt, bleibt sie dennoch das Kraftpaket, das unvergleichliche Energiebündel. Zwei Infusionen laufen in Rosys Arm, außerdem hat man einen periduralen Rückenmarkskatheter gelegt, um die Schmerzmitteldosis gering zu halten. Es ist eine ähnliche Prozedur wie bei Schwangeren, denen ein Kaiserschnitt bevorsteht. Rosy hat Schmerzen. Nicht nur ihr schlechter Allgemeinzustand ist schuld daran, auch die Aufregungen der letzten Tage tragen dazu bei.

Niemand bedauert Rosys Zustand mehr als Gwyneth. Während sie an der Seite ihrer früheren Lehrerin im Flugzeug sitzt, steht der Kommissarin die Sorge ins Gesicht geschrieben.

»Es war ... ein verdammt raffinierter Plan«, flüstert Rosy so leise, dass Gwyn sich vorbeugen muss.

»Nicht sprechen, Rosemary.«

»Im Grunde war es Arthur, der mich auf die Idee gebracht hat.« Sie missachtet Gwyneths Rat und richtet sich sogar ein wenig auf, um mich anzusehen. »Danke, Arthur.«

»Wofür?« Die Stützschiene, die meine Schulter in stabiler Lage hält, vergrößert meinen rechten Arm ins Elefantöse.

»Danke für deinen Tipp mit dem Knoblauch.«

»Haben wir in letzter Zeit über Kochrezepte geredet?«, frage ich verwirrt.

»Du weißt schon, was ich meine.«

»Nicht so viel sprechen.« Über uns taucht der weiße Kittel Dr. Morpheds auf.

»Ich bin gleich fertig, Doktor.« Ein ungewohnter Glanz verzaubert Rosys Gesicht. Es ist, als ob sie sich am Rande des Wahnsinns bewegen würde. Sie lächelt. »Was du sagtest, klang so harmlos, dabei war es der entscheidende Hinweis.« Rosy ringt nach Luft. »Als du aus dem *Tons of Teens* zurückkamst, hast du erzählt, was Vanessa dir gesagt hatte.« Rosy leckt über ihre trockenen Lippen. »Sie sagte, die maskierte Teilnehmerin an der Sexparty hätte nach Knoblauch gerochen. Da hat etwas bei mir geklingelt. Ich erinnerte mich an die Worte des Baronet, der sagte, vierundzwanzig Stunden vor ihrem Tod habe seine Frau das Abendessen gekocht.« Rosys Kopf sinkt zurück. »Es gab Lamm mit… Kartoffelgratin.« Ihre Lippen bewegen sich fiebrig. »Man kann aber nun mal kein Kartoffelgratin zubereiten, ohne Knoblauch zu verwenden, viel Knoblauch.« Rosys Gesicht ist von einem schweißigen Film bedeckt.

»Seien Sie endlich vernünftig.« Dr. Morphed hält eine Spritze bereit.

»Wirklich, Rosy«, pflichtet Gwyn bei.

»Sei jetzt still, mein Mädchen«, flüstere ich.

»Sieben auf einen Streich.« Sie schließt die Augen. »Hätte Tackergill sein Ziel erreicht?«, fragt sie Gwyneth. »Wäre er in die Parteispitze aufgestiegen?«

»Es wäre möglich gewesen. Doch da Terrace und Hughes sich nach der Intervention von Barry Gordon gegen den Baronet ausgesprochen hatten, hat Tackergill es nicht unter die Spitzenkandidaten geschafft.«

»Deshalb stand er nicht auf deiner Liste. Alles umsonst.« Liegend schüttelt Rosy den Kopf. »Eine Bluttat ist immer umsonst.«

»Wenn Sie jetzt nicht vernünftig sind, muss ich Sie sedieren.« Morphed macht die Spritze bereit, gleichzeitig hat er die Messgeräte im Blick. Der Doktor sieht beunruhigt aus. Es ist so still hier drinnen, wie es in einem Flugzeug sein kann, das gegen das schottische Wetter anfliegt.

Plötzlich bewegen sich Rosys Lippen wieder. »Weißt du, wovon ich die Nase voll habe, Arthur?«

»Wovon, mein Leben?«

»Vom Luxus.« Sie keucht. »Ich mag nicht mehr Bentley fahren, ich will... keine Wachteln essen, ich möchte unser gutes, normales Leben führen.«

»Das machen wir, einverstanden.« Ich stütze mich auf meinen Elefantenarm und streichle Rosys Wange. »Jetzt solltest du ein bisschen schlafen.«

Im Zwielicht der Flugzeugbeleuchtung betrachte ich meine geliebte Frau. Wir haben die verrücktesten und ungesündesten Flitterwochen hinter uns, die man einem frisch vermählten Paar zumuten kann, zugleich aber eine Zeit, wie sie nur mit dieser gelockten Kommissarin möglich war. Was für eine wunderbare Wendung meines Lebens, denke ich, diese Schwertlilie als Geschenk zu bekommen, dazu das Geschenk eines Kindes, das Geschenk unserer Liebe. Rosy ist stark wie eine Bärin. Sie wird unser Kind zur Welt bringen, Philipp John oder Mary Anne, was es auch sein mag. Wenn Rosy sich von jetzt an schont, wenn sie alles tut, was ihrer Gesundheit und der des Babys nützt, dann bin ich überzeugt...

»Machen Sie Platz, Mr Escryone.« Dr. Morphed drängt sich zwischen uns. Die Krankenschwester bringt auch Gwyneth dazu, Platz zu machen.

»Schnell, schnell«, sagt Morphed.

Er zieht einen rollenden Tisch heran, darauf liegen Gegenstände, die mir nicht gefallen. Ich will diesen Tisch nicht sehen und muss ihn doch sehen, denn der Tisch und die Gegenstände haben unmittelbar mit Rosy zu tun. Die geliebte Frau, deren Gesicht so bleich ist, so verzerrt und von einem wässerigen Film bedeckt, gleicht meiner Rosy kaum noch. Sie scheint weit weg zu sein, schrecklich weit entfernt von uns und der Wirklichkeit.

»Das ist ernst«, sagt Morphed und handhabt die Gegenstände, die ihm die Schwester in kurzen Abständen reicht. Ein Licht geht an, eine Sonne über uns. Das runde Licht, das dieses Flugzeug in einen fliegenden OP verwandelt. Rosy ist nicht mehr bei uns. Sie ist ohne Bewusstsein. Wo ist meine Schwertlilie? Wo ist sie? Die Airforce fliegt Rosy und ihren angeschossenen Earl nach Hause. Doch Zuhause ist noch unendlich weit entfernt.